老い力

増補新装版

佐藤愛子

リベラル社

〈前書き〉

備えあれば憂いなし

海竜社社長の下村のぶ子女史がいうには、私のように五十代頃から老いや死について考えつづけている女は今どき、珍しいのだそうである。珍しいので、私が五十代、六十代、七十代、八十代と書きつないできた私の「老いと死」についてのエッセイを年代順に並べて本にしましょうといわれた。

私にとっては極めて自然な営為であることが、そんなに珍しいとは知らなかった。そういえば先頃、六十になんなんとする女性が豊胸手術を受けたという話も聞いた。なるほど今の六十代はまだ「女盛り」なのだなあ、と改めて驚くのである。

いったい幾つまで生きるつもりなのかわからないが、まあ、十年か二十年で命は終るであろう。命は終らなくても、生物であるからには時の流れと共に皮膚はたるみ肉は落ち、シワシワ、シミシミになっていくことはわかっている。やがては人工オッパイだけが生々しくはり切っている屍《しかばね》になるのだ……などとつい考えてしまう私は、女の「夢」を解さぬ朴念仁《ぼくねんじん》とそしられるであろうが、仕方ない。私はそういう人間なのである。「超現実主義」といってもいいかもしれない。

私は現実をしっかり見定めずにはいられないタチなのである。そのタチに従って考え、行動し、こけつまろびつの人生を送ってきた。超現実主義というものは決して楽な人生ではないのである。

従って私には自分の書くものによって人を啓蒙しようとか訓戒しようというような僭越《せんえつ》な考えは毛頭ない。

「私はこうなのだ。こう考えるのだ」

ということしかない。あとは読んだ人の賛否感想に委《ゆだ》ねようという気持である。

栄養学や医学の進歩に加えて、女性が自由を得た現代では、いつまでも元気に、楽しく、美しく、若々しく生きることが一番の価値になっているようだ。今は「もう年だから」とか「いい年をして」とか「老人は老人らしく」とか、人生を諦めたようなことをいってはいけないという、煩悩讃美の風潮が主流を占めている。だが「老い込んではいけない、『死』なんて不吉なことを考えてはいけない」と、いくらいわれても、実際に（考えても考えなくても）それはくるのである。

シワシワ、シミシミ、ヨレヨレに始まって、老衰、病苦、そうして死がくる。確かにくる。それを先延ばししようとしても駄目だ。それならその現実を静かに受け容《い》れて、ジタバタせずに老いと死を迎える方がよくはないか？

ジタバタは苦しい。見苦しくもある。

出来るだけジタバタせずにつつがなく人生を全うしたい。

ここに収録された雑感には、私のただその一つの思いが貫いている。それらを書くことによって、その都度私はその思いを確認し、育て、老いと、そのうちやってくる死に備えているのである。

百媼《おうな》

佐藤愛子

老い力　増補新装版――目次

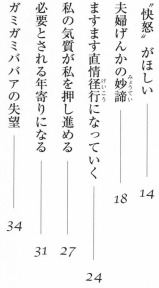

2章　伝えたい暮しへの愛情

3章　美しい中年はあるか

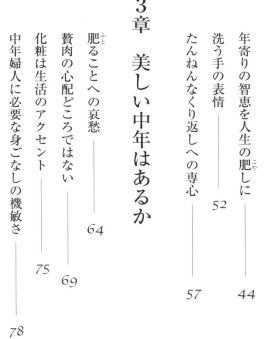

60代　孤独に耐えて立つ老人になりたい

4章　老年は人生最後の修行の時

5章　女はバカで結構

8章　強気老人の気概

9章　こんなふうに死にたい

80代　自然に逆《さか》らわず　時の流れに沿って

10章　時は音もなく過ぎていく

90代　すべて成るようにしか成らん

11章　ジタバタせずに受け容れる

50代

「本当の年寄り」になる前に覚悟を決める

1章

毅然《きぜん》と生きたい

#〝快怒〟がほしい

快食、快眠、快便というテーマを与えられて、この数年〝快〟とつくような日常がなかったことに気がついた。

以前は何を食べてもうまいと思ったが、この頃は何を食べても感動がない。若い頃は大食いでトロロ飯《めし》九杯などという記録がある。この二、三年来、朝は番茶だけ、昼はうどん、夜だけ食事らしい食事をする。もう何か月もうどんばかり食べているので（夏はソーメン）、よく飽きませんねえ、と家事手伝いが感心するが、飽きないというよりは食べることなどどうだってよくなってしまったのである。

「お昼は何にします？」

と訊《き》かれると、面倒くさいので、

「うどん」

と答えているだけのことなので、こういう時に毎日うどんじゃなんぼなんでも……と頭を使ってくれる女房がいたら、私でも快食の喜びを味わうことが出来るかもしれないのである。

食べる量が少ないので、出るものも快便とはいかない。

私の兄はウンコを毎日の楽しみの一つとしている人で、兄の家の便所には「今日のウンコ」という帳面が入れてあって、×月×日中長二本、などとその日のウンコの模様を書き込むしきたりになっていたが、私などにはとてもそんな余裕はない。いつも疲労困憊《こんぱい》して便所から出てくる。何しろ五日分か、ひどい時は十日分くらいひねり出さねばならぬのであるから。

オレは一日に三度もウンコをする、などと川上宗薫《そうくん》が得意そうな顔をしていうと、憎らしくなってくる。

宗薫という男は幼稚な男でたいして自慢にならぬことを自慢げにいう癖がある。

とにかく私は不健康そのものといった生活をしているのだ。だが常に疲れているので眠りだけはどんな時でも直ちにやって来る。眠れなくて困った、ということは一度もない。文字通り、倒れるようにして眠る。五時間にして目覚める。

目覚めるというよりは、明け方、眠りが浅くなったトタンに今日、しなければならぬ仕事のことがパッと頭に浮かぶのである。すると頭の中から一陣の風に吹き払われる霧のごとくに眠りが消え去って、私は床を蹴って飛び起きる。

〝床を蹴って〟は大袈裟な、と思う人もいるかもしれないが、その床を蹴る気持は、勇気凜々《りんりん》というよりはヤケクソの気持なのである。そこで床を蹴らなければ、グタグタといつまでも寝てしまうであろうことがわかっているからでもある。

そんな不健康な生活をしている割には元気ですね、という人がいる。

私も自分のことながら全くそう思う。快食、快便、快眠ばかりでなく、快いこと、楽しいことは私には何もないのだ。私がそういって腹を立てていると、老母がいった。

「それだけ年中、いいたい放題いって、どなっていれば、快食、快便ぐらいなくたって、元気でいられるのは当り前よ」

しかしその快怒の方も、この頃は減少してきた。第一、快怒の対象であった亭主がいなくなってしまった。

子供、老母、家事手伝いなどという弱い者を虐《いじ》めるのは私の本意ではない。頑健を誇った私もこの十一月、ついに病に倒れて数日臥床《がしょう》したが、それはあるいは快怒がなくなったためかもしれない。

健康保持の上で、快怒の相手を探さねばならないとこの頃、考えている。

夫婦げんかの妙諦《みょうてい》

どうやら我が家では夫婦げんかは名物の一つとなっているらしい。別に名物にしようと思ってけんかしたわけではないのだが、いつのまにやら名高くなってしまったのは、我が家の夫婦げんかは、たいていなぜか見物人（つまりお客、友人）のいる前ではじまることになってしまうためであろう。といっても私たちは別だん露出狂というわけではない。我が家には始終〈小説書き〉の友人が入れかわり立ちかわり来ていて、一日中ごろごろしていたり、泊ったりしていくので、人のいない暇を見てけんかをしようなどと考えていると、なかなかする暇がないのである。

怒りというものは、決して溜めておくものではない、と私は考えている。いや正直にいうと考えているというよりは、怒りを押えておくことが出来ないといった方が正確かもしれない。私はいったん怒りが触発《しょくはつ》されると、その場ですぐに発散させてしまわなければ、その怒りの充満のために心臓が破裂してしまうのではないかという気がしてくるくらい怒りっぽいタチなのである。そこで時も場所もかまわずに怒りはじめることになる。といって他人に向ってあまり怒るわけにはいかないので、もっぱら亭主に向って怒るということになる。従って私たちの夫婦げんかは、必ずしも亭主との意見のくい違いが多くてそのために起るというわけではないのだ。

我が家の夫婦げんかの特徴は、たいていの場合、もっぱら私の方からの一方攻撃に終始することが多い。そして亭主の方は銅像か石柱のように沈黙して、どこ吹く風とすましている。あるいはそれが戦法の一つなのかもしれないが、そうした君子然《くんしぜん》とした顔を見ると、私の怒りはますますたかまり、何とかして怒らせてやろうと躍起になる。そうなってくると、夫婦げんかの最初の原因は遠くふっとんで、何とかして盛大なけんかをしようとすることが、けんかの目的のようになってくるのである。

ある時、私たちは銀座の真ん中で夫婦げんかをしたことがある。その理由は誠に尾籠《びろう》な話で恐縮だが、私がおしっこがしたいのを一時間も辛抱《しんぼう》しているのに、亭主の方は気に入ったレストランが満員だといって、いつまでもウロウロとそのへんを歩かせられたということなのである。その時は友人が一人いた。私たちが結婚する以前からの共通の友人なので、もう何度か私たちのけんかの立会人をつとめてきた経験はある筈《はず》なのだが、その時ばかりはあきれはて、かつ腹を立てて憤然と帰っていってしまった。私が銀座の人ごみの中で突如、こう叫んだためである。

「私はさっきからおしっこがしたいといってるのよッ、それがわからないなんて、何という薪《まき》ザッポウみたいな無神経な男なのよッ……」

夫婦げんかというものは、後で考えてみると実に他愛のないことが多い。もっとも中には生活を賭《か》けての真剣勝負もあるだろうが、いわゆる夫婦げんかという言葉の中にあるものは、その他愛のなさとか、こっけいさとか、犬も食わぬ、とかいうような軽いタッチのものであるようだ。また実際にもそうした軽く、短く、さっぱりと乾いた花火のように爽快《そうかい》なものが理想であって、そうした夫婦げんかは健康のためにもよいのではないかと思うが、どんなものであろう。

夫婦げんかの邪道は、自分の正しさを相手に押しつけようとするけんかである。人間の正しさというものは、それぞれの立場や生き方によって、それぞれの形があるものであるから、女房にとっての正しさが必ずしも亭主の正しさになるとは限らない。だから自分の正しさが絶対無二のものであると考えて、それを通すためにけんかをしては爽快なけんかは出来ないのである。どうしても正しさについていい合わねばならぬ場合は、けんかという形に持っていかずに、あくまで〈話し合い〉という形を用いなければいけないと思う。

そもそも夫婦げんかというものは、勝負をつけようとするものではなくて、感情の抑圧を発散させるものだ。勝つも負けるもない。ただ怒りが（口惜しさが、悲しさが、いらだちが）発散し解消すればよいのだ。

それだけが目的である。といって、その目的を達するのに夢中になって、盲《めくら》めっぽうに相手を傷つけようとするのは禁物である。

私は何も道学者じみた視点でこのことをいうのではない。相手の弱点をえぐったりすると、その時は一瞬スーッと溜飲《りゅういん》が下っても、次の瞬間から傷つけたことに対する悪い後味が襲ってくるからである。

夫婦げんかのダイゴ味ともいうべきものは、丁度《ちょうど》、原っぱでいい年をしたオバサンがラグビーをして走り廻るとか、物干台へ上って大声はり上げて「サンタ・ルチア」を歌うとかいったふうな、思いきったことをやってのけた後の爽快さにあると思う。傷つけてケンカに勝ったとしても、後味が悪くては、せっかくけんかをした意味がない。

私たちの夫婦げんかの中で最高に華々しかったのは、結婚当初のある日曜日のけんかである。そのとき夫は牛乳瓶《びん》を投げて炬燵《こたつ》の上は牛乳だらけになり、私はなるべく壊れないものをと（戦いの最中でもこと経済に関してはそれだけの心構えを失わぬのが私の自慢である）探した結果、くりぬき盆を投げマナイタを取りに走り、その間、夫はサボテンの鉢植えの十ばかりあったのを全部投げつくし、部屋の中は土とサボテンと牛乳と牛乳瓶のカケラとが散乱し足の踏み場もなくなり、その後の掃除のことを思って、漸《ようや》く私は冷静にもどったのであった（考えてみればその頃は我が亭主もまだ充分ファイトを持っていたとみえる）。その時も泊り客がいて、「もうすんだかい」といって、あとの掃除はそのお客がしてくれたように記憶している。

そうして、そのお客は掃除の終ったあと、卵とハムとトマトを買ってきて私たちに朝ご飯を作ってくれ、私たちは笑いながらそれを食べたのである。

夫婦げんかの思い出を、楽しい思い出として残すためには、天衣無縫《てんいむほう》のけんかをするべきだと私は考えている。もっともそうしたけんかをするには、一つには才能というものが必要ではあるが、たとえ才能が乏しくても努力と習練によって作り上げることが出来るものだ。

ローマは一日にして成らず。

夫婦げんかの妙諦もまた長い経験と訓練によって、はじめて得るものといえるのである。

ますます直情径行《けいこう》になっていく

幾つになってもすぐに興奮して我を忘れる癖が私にはある。それともうひとつ、幾つになってもベールをかぶせてものをいうことが出来ない。生来短気者のあわてん坊なのである。心にないことはいえない、というのは子供のうちは美点だが、おとなになると欠点だと、よく人から教えられた。しかし教えられれば教えられるほど、ますます直情径行になっていく。先日もある菓子メーカーからお菓子の試食をし、後でその感想を書いてほしいと頼まれた。

「もしまずかった時はまずいといってもいいのならしします」

と答えたところ、忽《たちま》ち断られた。

過日、ある銀行で講演をした。私はしゃべっているうちに我と我が言葉に熱狂する方なので（その意味においては夫婦げんかと講演もよく似ている）、つい、こう叫んでしまった。

「現代人は生き甲斐、生き甲斐と二言目には生き甲斐を探し廻っていますが、人生の冒険をせずに生き甲斐を探したって、そんなものはどこにもありはしないのです。自分で冒険を回避してノンベンダラリの平穏無事に生きておいて、生き甲斐がないといってボヤいている。貯金通帳の二冊や三冊持って喜んでいるようでは、生き甲斐なんか出てくるわけがないのです……」

するると聴衆がわーっと笑った。何がおかしいのか私にはわけがわからない。そこで笑いのおさまるのを待って先をつづけた。

「昔は金をためたりすることは女の領分のことでした。ところがこの頃は大の男が女と一緒になって一所懸命金をためて、芝生つきの家を建てることを人生の目的にしています。憐れというか、情けないというか……」

と、満場、また笑いの渦である。

講演を終って、演壇を下りようとすると、下手からその銀行の頭取が上って来られた。その顔を見たとたん、思わずわっと叫んで私は頭を抱えた。その時になって私は、その日の講演が銀行のPR活動の一つとして開かれたものであることを思い出したのである。銀行のPR講演会で私は金をためる奴は人間の屑《くず》であるといったのだ。

満場、笑いの渦の中で頭取はにこにことといわれた。

「佐藤さん、どうかこの後もご活躍下さって、少しは銀行も可愛がっていただきたいと思います」

「はっ、はっ」

と私は上官の前の兵卒《へいそつ》のよう。

「この後はせめて、預金通帳の一冊くらいは作ることにします」

笑いの渦の中を私は匆々《そうそう》に引き上げた。さすが銀行の頭取ともなれば偉いものである。柔《じゅう》よく剛《ごう》を制したばかりか、みごとにPRの目的をも遂げられたのであるから。

緩急自在のそのへんの呼吸を私も見習わねばと思っている。

私の気質が私を押し進める

私は大正十二年生れ、干支《えと》でいうなら五黄《ごおう》の亥《イノシシ》である。私の母は干支で人や人の人生を判断するのが好きな人で、新しい家事手伝いが来たりすると、必ず年まわり星まわりを調べて、

「今度の子は働き者やけど、ちょっとチョカ（大阪でオッチョコチョイのこと）かもしらん、トリ年や」とか、

「亥年？　こらかないまへん。断りまひょう」

などといって日を暮しているのであった。

私は子供の頃から、何かにつけて五黄の亥ということをいわれた。亥年というのは結婚してもうまくいかず、身内に縁薄く、艱難辛苦《かんなんしんく》をなめる運命だというのである。それというのも亥年は短気でこらえ性なく、前後の見境もなく突っ走る傾向があるか

らで、その亥の上に更に私には五黄という星まわりがついている。五黄というのは昔、神さまが八つの星を作られた時、五黄の星がムチャクチャをして暴れてしようがない、そこでそれを押えつけるために神さまは沈着、聡明な九番目の星を作り九紫《きゅうし》と名づけられたというのである。母の話だからアテにはならぬが、とにかく私はそのように香《かんば》しくない運勢、性格を持って生れたものだといいきかされて育った。

それが暗示となったのか、あるいは逃れるすべもない運命の力によってそうなったのか、私は母の心配するような人間に出来上り、最初の結婚に失敗し、子供と別れ、たいした才能もないのに文学などを志し、こりもせずにまた結婚し、夫婦げんかに明け暮れ、夫の会社の大倒産に遭い貧乏のどん底に沈んで借金を背負った。

ある日、幼な友達がやって来て、

「あなたの人生って、ほんとに波瀾《はらん》が多いわねえ」

としみじみと吐息をついていった。

「でも、何ごとも運命だと思って、あきらめるのよ、くよくよせずにね」

その時私は「ありがとう」といいながら、何となくその言葉が場違いのような、妙な違和感を感じたのである。

私は今まで、自分を運命にもてあそばれる悲運の女主人公などと思ったことは一度もなかった。平穏無事な家庭の中で歳月を重ねてきた人たちには、私の人生は悲運に満ちた嵐のようなものに見えるのであろうか。最初の結婚に失敗した時、私はその頃可愛がってもらった作家の加藤武雄《たけお》氏から、「秋雨に打たれる秋海棠《しゅうかいどう》、あわれ」という慰めの手紙を貰ったことがある。その時も私は、何やら恥かしいような嬉しいような、シリこそばゆいような、申しわけない気持になったことを覚えている。秋海棠はがらではない。せいぜいカボチャの花というところで……などと、テレかくしの返事を書いた。

私は自分の過去をふり返って好きなように生きてきたと思っている。私は私の好きなようにしたのだ。私はやむをえずそうなったのではなく、選んでそうした。普通なら忍耐するべきところをしなかった。諦めるところを諦めなかった。それで私の人生には波立ちが起きた。

夫の会社が倒産したので私は借金を背負った。三千四百万である。読売新聞では私を奇女だと書いていた。流行作家でもない女が、五年かかってそれを返そうというのだ。まさに奇女なりという文章である。私はそれを読んで思わず笑った。運命が私を押し流すのではなく、私の気質が私を押し進めるのだ。

「あなたの身から出たサビやからしょうがないね」

と母は私に一片の同情もない。まさに私の人生は、身から出たサビの連続である。身から出たサビ——手許《もと》のことわざ辞典をくってみると「自分で作った原因からその結果に苦しむ」とある。しかし私は別に苦しんではいない。身から出たサビと思って勇躍して戦う。

必要とされる年寄りになる

この数年来、中年婦人が集ると、きまって老人ホーム行きの話が出るという。

「もう子供にたよるという時代ではありませんからね。そろそろ老人ホーム行きのお金をためようと思っているの」

まだ子供は中学、高校へ行っているというのに、もはやそういうことが話題になっているというのは、何ともわびしい話だとお思いになりませんか、みなさん。

といったからといって、私は老人が若夫婦の間に出しゃばって箸の上げ下ろしに難癖をつけるのがよいといっているわけではない。私がいいたいのは二十年も先のことを、四十代のいまからきめてかからねば安心できないという、その消極的な親の意識についてなのである。

男女を問わずいまの中年が失っている自信の量というものはかつて戦争中に叩き込

まれた尽忠報国《じんちゅうほうこく》、うちてしやまんの精神の量と同量ではないかと思われる。敗戦によってうちてしやまんの信念が雲散霧消したあとのガランドウに「ものわかりのよさ」という代用品が詰め込まれた。

自信のなさとものわかりのよさがよじれ合って老人ホーム行きというコースを考え出した。くり返しいうが、私はなにも老人ホーム行きがいかんといっているわけではない。へんに気をきかせたような、若い者にとって自分は無用の人間であるという自信を失ったことなかれ主義が情けないというのである。

賢いネコは年老いると、飼い主に厄介をかけたくないと考えて、死が近づくと家を出ていくという。しかし我々中年はネコではない以上、ネズミを取らなくなったからといって老人ホームへ姿をかくす必要は少しもないのである。老人は年老いたことによって、はたして無用の長物となるのであろうか?

ひと昔前の老人は必要以上にいばりすぎていた。その反動か、いまの老人は必要以上に遠慮しすぎている。

「もうもう若い人たちのおじゃまはいたしませんですよ。若い人たちには若い人たちのやりかたというものがありますからハイ。それはいろいろ、見かねることはないではありませんけれどもねェ、オホホホ……」

と笑う声には、心から喜んで隠退したのではない、寂しいあきらめがにじみ出ているのである。大切なことは、若い者にとって、年寄りの存在が必要であることを感じさせる老人になることだ。

必要といっても、ただ子守りとか留守番などというような日常の便利ではない。人生の先輩、経験者としてイザという時にいい智恵を貸してもらえるという信頼を若者に与える老人になることである。ふだんはうるさい姑《しゅうとめ》さん、ガンコばあさんでも、信頼と尊敬を持てる人間であれば若い者は一目おくし、その存在を必要とするものなのだ。

同じ老人ホームへ行っても、むすこたちの心の一角に存在している場合と、老猫ナミの老人ホーム行きとは大いに違うのである。

ガミガミババアの失望

猫の額《ひたい》ほどの地つづきの土地を買わないかといわれ、さして必要でもないが何かの役に立つかもしれないと考えて買ったのが三年前である。

暫《しばら》くは荒地のままにしていたが、懇意にしている個人タクシーのNさんが、空けたままにしておくのも勿体《もったい》ないからといって、夏のはじめに茄子《なす》、胡瓜《きゅうり》、トマトなどの苗を植えてくれた。暇をみてはNさんが畑の手入れに来てくれる。

ある日曜日、私が二階で原稿を書いていると、その空地で子供の声がした。声の調子では四、五人もいる様子である。

その空地は塀を隔てて我が家の庭とつづいている。庭からは小さなくぐり戸を通って出ることが出来るが、表の道からも入れる。表通りに面した入口には、前住者が取りつけた鉄柵風の門扉がついているが、それは子供でも容易に乗り越えられるほどの高さであり、また隙間から手を入れればカンヌキを外すこともさして困難ではない。

空地には柿の木があって、秋には甘い実がたわわに生《な》るので、子供たちが取りに来る。二百個近くも生るので鷹揚《おうよう》に構え、取るに任せておいたのである。

おそらくはその子供たちがまた遊びに来ているのであろうと思いながら、私は仕事をつづけていた。この頃は子供の遊び場も狭い道路しかなくなったので可哀そうである。大目に見ようという気持であった。

翌日、裏へ行ってみた。

漸《ようや》く根づいた茄子、胡瓜の苗は引き抜かれ、隣家との境の万年塀に落書《らくがき》がしてある。塀は畳三枚ほどの大きさがあるが、そこに一杯に字や絵が書き殴ってある。いかにも放胆《ほうたん》、傍若無人《ぼうじゃくぶじん》の筆力だ。これだけ力に任せて書き殴るのは、さぞかし気持がよかったろうと唖然としながら思った。茄子や胡瓜の引き抜き方といい、その辺の踏み荒しようといい、当るを幸い、薙《な》ぎ倒し、という趣である。見ているうちにだんだん腹が立ってきた。

悪戯《いたずら》をするのはまあいい。しかし他人の領域に踏み入って悪さをする時は、多少ともどこかに遠慮がなければならぬ。単なる悪戯と悪意ある悪戯との違いはそこにある。これではまるで悪戯というよりは悪意あるしわざではないか。

「昔の悪戯っ子にはそれなりの一線、ルールというものがあった」

と私は憤慨した。

我々の子供の頃も近所の柿の実を取ったり、塀に落書をしたり、呼鈴《よびりん》を押して逃げたりしたものだ。いつもおっかなびっくり、いざとなれば一目散に逃げる姿勢でやった。その頃のおとなは怖かった。子供を見ると何か用事をいいつけることはないかと考えるおとなと文句をいうおとなの、大体二派に分かれていた。そのうるさいおとなの目をかいくぐって悪戯をするものだから、常に逃げ腰である。悪戯の醍醐味《だいごみ》というものはそこにあったようにも思う。

俄然、私は張りきった。

私は悪戯小僧をとっちめる楽しみがあることに気がついたのである。私は次の日曜日が来るのを待ちうけた。裏の畑で子供の声がしたなら、いきなりパッと庭のくぐり戸を開け、「こらアッ」と怒鳴ろうか。すると子供たちはワーッとクモの子を散らすように表へ向って逃げるだろう。そこを娘に張り込ませ、逃げて来るやつを片っ端からひっ捕える……などと心楽しく計画を練っている。

待望の日曜日が来た。だがその日は一日、静かだった。早く来ないか、いったい何をしている、と私は夕餉《ゆうげ》の買物にも出かけずに待っているうちに日が暮れた。

次の日曜日の昼前、待ちかねた声が聞えた。

「あっ、来た！」

階段を駆け下り、庭下駄《げた》をつっかけてくぐり戸へ走った。

パッ！　と開ける。

大きいの、小さいの、五人ばかりが茄子と胡瓜の畝《うね》の間にいて突然現れた私をポカンと眺めている。私は調子が狂った。本来なら私が現れた途端に、子供たちは逃げ腰になる。そこで私が、「こらア」と怒鳴る。ワラワラと逃げる。追う……。

そうこなければ面白くないのである。だが子供たちはマジマジと私を見つめている。マジマジと見つめている前でいきなり「こらア」とは怒鳴れないではないか。こういうことにはリズムがあるのだ。暫く互いに見合った後仕方なく私はいった。

「あんたたちね、胡瓜や茄子を引き抜いたのは？」

すると年嵩《としかさ》の子供が答えた。

「ハイ」

何とも素直な返事である。

「落書したのもそう？」

「ハイ」

こう素直にハキハキ答えられたのでは、こっちが困ってしまう。

「表の門に無断で入ってはいけませんて書いてあったでしょう？　字、読めないの？」

「読めます」

私は次の言葉に詰る。

「あんたたち学校どこ？」

といわでものことをいう。

「太子堂小学校《たいしどう》です」

ますます困ってしまった。

「人の畑を荒したり、塀に落書したりするのはいけないことだとは思わない？」

「思います」

「そんなら自分たちで消しなさい。自分のしたことは自分で始末するのよ」

「ハイ」

「きれいに消すんですよ」

「ハイ」

私は家の中へ入った。気が抜けて茫然《ぼうぜん》と机の前に坐った。

要するに、この頃の子供は叱られつけていないのである。叱られつけていないから逃げない。「頑固ジジイ」とか「鬼ババア」と悪態ついて逃げるような経験がないのである。何をしても叱られないから嘘をつかない。シラをきる必要がない。遠慮会釈なく大胆に悪戯をする。「悪いこと」の自覚がないから無邪気なものだ。気が抜けて坐っているところへ、娘が外出先から帰って来た。

「子供たちが塀の落書を消してるわよ。叱ったの？」

「うん、叱った」

答える声も力ない。

「ビニール袋に洗剤とたわしを入れたのを持って一所懸命やってるわ」

「……」

「可哀そうだから私、お菓子あげてこよう」

娘はあり合わせの塩せんべいの袋を持ってくぐり戸から出ていった。

「ありがとう」

という愛らしい声が聞えてきた。

私は何だか面白くない。おとなしい弱い者を、一方的に苛《いじ》めたような後味の悪さが残っている。

昔はよかった、と思う。昔の悪戯小僧はもっといきいきしていた。躍動していた。

だからガミガミババアの方も思う存分、応戦、攻撃出来た。悪戯小僧と雷ジジイ、ガミガミババアとの関係は、まさに追いつ追われつの好敵手というようなものであった。悪戯小僧はうるさいジイさんバアさんがいるので悪戯にも精が出、ジイさんバアさんの方は悪戯小僧がいるので老後の退屈がまぎれた。

「我はたたえつ彼の防備
彼はたたえつ我が武勇」

というようなものではなかったか。

今やガミガミババアはいたずらに腕を撫《ぶ》して時代の推移を嘆じるのみ。

子供たちは誰にも叱られず、素直にスクスク育っているのである。やはりこれはめでたいことというべきなのであろう。

50代

「本当の年寄り」になる前に覚悟を決める

2章

伝えたい暮しへの愛情

年寄りの智恵を人生の肥《こや》しに

幼年時代、私は絵本が好きで暇さえあると同じ絵本をくり返し読んでいたが、その中でいまだに印象に残っているのが『おばすて山』という絵本である。

一人の若者が老婆を背負って山道を登って行くのが冒頭の絵で、年をとった親は山奥へ捨てよという国の掟《おきて》に従って今、彼は老婆を捨てに行くところなのである。しかし親孝行な彼は老母を捨てることが出来ない。国の掟に叛《そむ》いて山奥の一軒家にそっと母を隠す。

そのうちに国に困ったことが起きた。隣国から難問が持ち込まれ、それに答えることが出来なければ国は滅ぼされるのである。その難問の一つは灰で縄をなってくれという注文である。国中の智恵者学者が集って考えたが、誰も灰で縄をなうことは出来ない。その時若者はひそかに山奥の老母を訪ねてそのことを相談した。すると老母は答えた。

「石の上に縄を置いてそれを端から燃やせばよい」

若者はそれによって灰の縄を作り、国は危難を免れ、「殿さまはほうびに若者の年とったお母さんを家へ連れて帰ることをお許しになりました」と絵本は終っている。

私は四十八歳の今日までの間に、その絵本の話を何度思い出したかしれない。考えてみれば、私ほど母と喧嘩《けんか》した者はないのではないかと思われるくらい、結婚してからも母とよく喧嘩をしたが、喧嘩と喧嘩の合間には何かにつけて母の智恵を借りに走ったものである。

誰それの結婚祝いにはどんなものがよいであろうとか、ニシンを上手に煮るにはどうすればよいかとか、棚はどこに吊ればよいだろうとか、今から思えば大して重大な問題ではないのだが、そうした細々《こまごま》としたことを教わる度《たび》に私は『おばすて山』の話を思い出したものである。

年寄りというものは何でもよく知っているものだ。そう思いそう思い私は今日まで来た。私は二度結婚しているので、二人の姑とつき合った。そうして姑というものは、かなわぬものだとつくづく思うことが多かったが、そう思いながらその一方でまた沢《たく》山《さん》のことを教わったと思う。

先日、私は「老人の生き方」というようなテーマの番組に出演していった。

「私は年寄りになったら、大いに出しゃばって、若い人の役に立とうと思います。うるさいおばあさんだと思われたくないとか、ものわかりのいい老人になろうとか、私は考えません」

すると司会の八木アナウンサーがいった。

「でも若い人たちにいやがられませんか？」

「いやがられてもかまわないんです。そんなこと考えてたら生きていけません。死んだ方がまし！」

と私は叫び、八木さんは呆れて「ほう！」と眼《め》を丸くされた。

とにかく年寄りは若い人より何十年かよけいに人生を経験している。その経験に対して若い者は敬意を払うべきだと私は考えている。

「敬老の日」だなどといって老人にプレゼントしたり温泉へ連れて行ったりして、親孝行ぶる暇があったら、私はその日を老人の話をじっくりと聞く日にした方がなんぼうか意義があると思う。昔、日本が貧乏であった頃は年寄りと若い者が力を合わせて家庭を築かなければならなかった。年寄りは孫の守りをし、老眼鏡をかけて靴下をつくろい、孫が病気になればそれを看病し昔話を聞かせたものだ。しかし生活様式が簡略化され、家事が電気の力で合理化された今は、年寄りの出場《でば》はなくなってしまった。

昔は母親に叱られた子供は、おじいさんかおばあさんのところへ泣いて行って慰めてもらったものだ。またおばあさんに叱られた子供を、母親がとりなすこともあり、おばあさんとお母さんが揃《そろ》って子供を叱る場合もある。若い母親の中には、

「おばあちゃんが甘やかすから教育が出来ない」

といって嘆く人がいる。ではおばあちゃんがいなければ、子供はどれだけ優れた子

供になったかというと、それは甚だ疑問だと私は思う。母親はただ、叱りたい時に思う存分叱ることが出来た、ということで、しつけが充分行なわれたと自分ひとり満足を感じているだけではないだろうか。〝自分の思った通りにしつける〟ことが優れた子供を作るとは限らないのである。

先日、私は昔の友達から七十九歳の姑さんが亡くなったという電話を貰った。友達は二十一歳で嫁ぎ、二十五年間姑さんと暮した。結婚間もなくの頃から何年間か、彼女は人の顔さえ見れば姑さんの悪口を一時間でも二時間でもしゃべり立てるという人であった。しかし先日の電話で彼女はしみじみといった。

「長い間、喧嘩ばっかりしていたけれど、亡くなられてみると淋しくてねえ。何だか気が抜けたみたい。子供たちもそういうのよ」

おそらくこの姑さんは、ものわかりのよい姑と思われようなどとは考えず、大いに出しゃばり大いにお嫁さんを叱咤訓戒した人だったと思う。それ故にこそ、この姑さんは家族の人の心に喰い込んだのだ。もしこの姑さんが、若い者からいやがられまいとして何かにつけて譲歩し、邪魔になるまいと奥へ引っこんでばかりいる人であったなら、「亡くなられてみると淋しくてねえ」という言葉は残った人の口からは出なかったのではないだろうか。

家庭というものは単純であるより、色々な眼、色々な意見がある方がいい。母親は寒い日でも薄着をさせて身心を鍛えようと考える。すると年寄りがいう。

「こんなに雪が降っているのに寒くないかい？　シャツをもう一枚着た方がいいよ」

すると母親は内心面白くない。自分の教育を邪魔されたと思って年寄りなどいない方がいいと呟《つぶや》く。

しかし子供の心には、その寒い朝のおばあさんの心配は必ず沈み積っていくであろう。それはあるいはくだらない、よけいな心配であるかもしれないが、その心配のもとである「おばあさんの愛情」は子供の心に懐かしい沈澱を残すのである。

「亡くなられてみると淋しくてねえ」

と私の友達がいったのは、二十五年間のそうした沈澱物の堆積のためではないだろうか。

私はこれからの若い人にとって必要なものは、この沈澱物ではないかと考える。ごたごたと入り組んだ雑多な現実を経験することから、人は人間というものを理解する力を身につけていくのだ。母親に対立する古い意見があっていい。その対立の中で子供が吸収するものが必ずある。その時はマイナスに見えていても、おとなになってからそのマイナスがものをいうことがある。

おばあさんの歌う調子外れの歌、らちもない昔の思い出話、愚痴のくり返し、独り言……それら何の意味もないように見えることが、どこかでいつか子供の情操を養っている。

日本人の親から子へ、子から次の世代へと受け継ぎ語り継がれていくべきものが、今断ち切られようとしている。それは例えば惣菜料理の作り方であるとか、昔話であるとか、手まり歌であるというようなことだけではなく、それらすべてをひっくるめた中で伝えられていく日本人の暮し、日本人の歴史、日本という国への愛情である。

今の世の中は無駄なもの、即効性のないものは切り捨てられていく世の中だ。老人の価値はどこにあるか？　と訊《き》いた人がいた。あたかも価値があれば認め、価値がなければ切り捨てようと気構えているかのように。

老人の価値は若者よりも沢山の人生を生きていることだと私は思う。失敗した人生も成功した人生も頑固な人生も、怠け者の人生も、それなりに生きてきた実績を抱えている。

「石の上に縄を置いて端から燃やせばよい」

『おばすて山』に隠された老婆の、答を聞いてみても何でもないこの智恵、何でもないその智恵は長い人生を生きてきたということの中から生れてくる。後から生きていく者はその智恵を引き出して自分の人生の肥しにするべきではないだろうか。

洗う手の表情

何年か前に小学生の文集に出ていたこんな詩が、メモの隅に書き止めてあった。

おかあさんは
夜、仕事が終わると　手をこする
すると　カサカサと音がする

お母さんは
こんな男みたいな手になっちゃった
といった

「おかあさんの手」という題の詩だ。

おかあさんの手――この詩の手は、しかし、何十年も何百年もつづいてきた、日本のおかあさんの手である。指が太くなり手のひらが厚くなり、あたたかくてカサカサした手。朝は家の中の誰よりも早くから、夜は誰よりも遅くまで水と触れ合って、とうとう、こするとカサカサと音をたてるようになってしまった手。

考えてみれば女というものは、どんな時代でも、どんな女でも、その一生のうちの膨大な時間を物を洗うことに費やしているものだ。皿を洗う、洗濯をする、野菜を洗う、米をとぐ、汚れて帰ってきた子供を洗う……。

私は女の手が物を洗っているのを見るのが好きだ。女の手が表情を持つのは拭く時よりも掃く時よりも、洗う時だからである。かいがいしい心、いそいそした心、思いあぐねている心、悲しんでいる心――物を洗う手はしらずしらずのうちにそうした心を相手に――皿や野菜や洗濯ものに伝えているものだ。そうして洗うことによって手は慰められそれを心に伝える。

何かの映画の中で、母に叱られた娘が泣きながら皿を洗う場面があった。遠い昔のことで映画の筋は忘れたが、その場面だけははっきり記憶に残っている。また別の映画で、家出しようか、するまいか思いあぐねて川で大根を洗っている妻のシーンを見たこともある。泣きながら、考えながら廊下を拭いたり、部屋を掃いたりしている場面はあまりない。あるのかもしれないが印象に残っていない。映画製作者たちが物を洗う場面でその感情を伝えようと考えるのは、物を洗っている時の手が、何よりも表情を持っていることを知っているからなのであろう。

私は拭く、掃く、洗う、の家事労働の基礎的な作業の中で、洗うことが一番好きだ。もし私たち女の日常の中から洗うという作業がなくなったとしたら、その時から女は変質していくのではないかとさえ私は思う。

皿洗い機というものが家庭に行きわたって、女が皿を洗わなくなった時の台所は、何と殺風景なものになることだろう。なぜなら皿洗い機にはそれを美しくしようという心がないからだ。一枚の皿、一つのコップへの愛情がないからだ。合理的に簡便にすべてが片附いてしまうということには、感情の入りこむ余地がない。皿洗い機のそばに母に叱られた娘が立っているシーン——それでは、何ものも表現することは出来ないのである。皿への愛情、大根への愛情といえば人は笑うだろうか。しかし皿への愛情、大根への愛情は、すなわち自分の家庭への愛情にほかならないのである。女は洗うことによって家庭への愛情を表現し、それを自分の心に還元する。しらずしらずのうちにそれを深めている。そのことを女はもう一度、知り直す必要があるのではないだろうか。

機械は合理的生活を女にもたらし、女を肉体の疲労や家事の煩雑さからある程度解放した。まず最初に現れたのが洗濯機で、それは洗い、絞り、更に乾かすことによって女性の生活からタライと不自然な洗濯姿勢を追い出した。だがそれと同時に、私たちは晴れ上った空の下に勢いよくタライの水を流し、洗濯ものを竿に干し上げる喜びを失いつつある。

日常生活の中のリズムとは、案外、そうしたところにポイントがあるものなのではないだろうか。洗い上げて手を拭いた時の水の冷たさが、薄くれないに縁どった指を美しいと眺める心、その心が単調な生活に潤いを与えているのではないだろうか。

洗う必要がない世の中がもしきたら、私たち女はいったい何を喜びとするだろう？ それによって得た時間を、本を読んだり、テレビを見たり、教養講座に通うことで満たすことは出来る。たしかにそれは長い間の女の夢だったろう。女は〝洗う〟ことのなくなった日常の中で、賢くえらくなっていくだろう。だがその時、私たちは素朴な女の喜びを失ってしまう。その時、日本のおかあさんの手は、カサカサと音をたてなくなるだろう。と同時に、代々の子供の心の中に最も素朴な形で生きてきたおかあさんのイメージも消滅してしまうのである。

たんねんなくり返しへの専心

かつて女が家族という小さなかこいの中に閉じこもって暮していた頃、女は磨くことによってその単調な暮しにリズムをつけていたと思う。

私が子供の頃のおとなの女たちは、一日いっぱい何かを磨いていたような気がする。鍋を磨き、釜を磨き、やかんを磨く。格子戸も敷台《しきだい》も柱も廊下もたんねんに拭き込まれて、何ともいえぬ静かなまろやかな沈んだ艶を放っていたものだ。そうした家の前に立つと、その家の主婦の人物や生活のリズムや日常への愛情が自然に伝わってくるような気がしたものだ。その頃の女性にとって、磨くということは「女の仕事」とか「義務」などというような重たいものではなく、自分の中から一つの欲求として発してくる自然な気持だったのではないだろうか。

物に艶を出し、光らせるためにさまざまな薬品があるという時代ではなかった。金属の汚れを取るには磨き砂、廊下や柱を拭き込むにはせいぜいヌカかおから程度のものがあっただけだが、ヌカやおからを使って廊下を拭くという家は、相当に贅沢な家で、普通はかたく絞った雑巾で拭くという、ただたんねんなくり返しへの専心があっただけである。

そのくり返しへの専心は一日も早く光らせたくて専心するのではなく、日常生活の中に行きわたっている家への愛情がそうさせるものなので、そこから出た艶や光は、決してピカピカしたものではなくて、歳月の中からしっとりとにじみ出てきた光なのである。いいかえるならば、狭い世界に屈《かが》んで暮していた女の、ささやかな愛情の光なのであった。

単調でたんねんなくり返し——今の私たちはもうその単調なくり返しの中に喜びを見つける気長さを失ってしまっている。私たちの暮しは外側に向けられた。外部のものを取り入れ、外の世界に向うものになった。磨くことの喜びは、新しい知識を吸収したり、余暇を楽しむことの喜びに取ってかわられた。私たちは簡単に艶を出せる薬品を買うことも出来るし、また手をかけないでも光っている建材や器具も出廻っている。かつての女性にとって、磨かれた家や家財は、女の甲斐性の表れとして、自慢のひとつでもあったのだろう。しかし今ではいかに合理的に生活を簡便化しているかが、主婦の能力であり自慢の種となりつつある。

先頃、私は思い立って佃島《つくだじま》へ行ってみた。佃の渡しが廃止されたので、勝鬨橋《かちどきばし》を渡って月島《つきしま》へ行き、月島から佃島へ入った。佃から見る隅田川対岸の空はスモッグに濁り、くろぐろとよどんで動かぬ大川の上を、そうぞうしい音をたててヘリコプターが飛んでいた。東京はもうどこへ行ってもかつての俤《おもかげ》を残している場所などないのだと、同行の友人がいった時、ふいに私はある雰囲気に包まれて足を止めた。

都市の近代化の波が押し寄せて来ているそこに、まさに磨きぬかれた格子戸の二軒の家を見たからだった。佃島は私の故郷でもなければ、思い出の土地でもない。ただ何となくぶらりと一、二度訪れただけの行きずりの町である。それなのにその小さな二軒の家の、まるで申し合わせたように磨きこまれた格子戸や、窓わくやハメ板に、私は故郷《ふるさと》を感じたのだった。

「磨きこむ」ということには、今では故郷の感じがある。すっかり変貌してしまった故郷の町外れに、思いがけず残っていた一本の大いちょうの木を発見した時のように、あるいはとっくに死んだと思っていた屋台のタコヤキ屋のおじいさんが、まだ元気でかつての場所に屋台を出しているのを見た時のように、私は佃島のあの家を思う。それほど磨くということは、私たちの生活の遠くへ行ってしまったのだ。

長い時間を積み重ね、かつての女は物を磨き上げた。磨くことで忍従の涙をまぎらせたこともあれば、かいがいしい心が磨く腕に力を籠《こ》めたこともあるだろう。私たちは今、時間をかけずに物を磨く。手っとり早く艶を出す。悲しみも喜びも籠める暇なく、磨き上げられてしまう。だから私たちの磨いた物たちの光は、かつての女のひとの手で磨かれた物とは光の質が違うのである。

50代

「本当の年寄り」になる前に覚悟を決める

3章

美しい中年はあるか

肥《ふと》ることへの哀愁

この二、三年来、年ごとに肥ってくる。始終会っている人には目につかないほどの肥り方だが、一年経《た》つと、まるで積立貯金みたいに相当まとまって肥ったことになっている。それは、夏になって洋服を着るようになった時にはっきりわかるのである。今年もまた洋服を新調しなければならないかと思うと、私はうんざりする。洋服の新調は、年を追うごとに私には苦痛になってきているのだ。呉服のように、気に入った柄を選べば、あとは忘れていても出来上ってくる、というふうに洋服もならないものだろうか？

スタイルのよくない者にとって、仮縫《かりぬい》というものはあまり愉快なものではない。鏡に映った仮縫の姿は何となくぴったりせず、意に反し、不服である。しかし、どこをどう直せばよいのか、どこがどう悪いのかということが、私は専門家ではないからよくわからないのだ。はっきりしているのは、とにかくどこかおかしい、ということだけである。こんな場合にそれをはっきりいえる人は、自分の容姿に自信のある人にちがいないと思う。私などはいおうと思っても、これはあるいはデザイナーもしくはお針子さんの責任ではなく、私のスタイルの方に原因があるのではないだろうか、という危懼《きく》のために、いいたいこともグッと呑《の》み込んでしまう。呑み込むと同時に、いいしれぬ悲哀感が胸に広がる。

それにしてもスタイルブックというものは、どうしてあんなに姿のいい女のひとの写真ばかり出すのであろう？　ある婦人雑誌がその不合理性に気がついて、その容姿にもっとも普遍性のある中年婦人をモデルにしたことがあった。ところがその写真を見て私の洋服を作る意志は全く沮喪《そそう》してしまった。たとえ不合理、非現実的であるにせよ、やはりスタイルブックというものは、美女が登場しなければならないものだということを、その時私は痛感したのである。同じスタイルで作った洋服がたとえ仮縫の時に、失望と悲哀感を与えることになろうともである。

私の母は昔、私たちが鳴尾村西畑《なるおむらにしはた》というところにいた時、西畑の三デブの一人といわれるほどのデブさんだった。横縞《よこじま》の浴衣《ゆかた》を着て寝ていると、大蛇《だいじゃ》が寝ているようだと父がいったが、私は心ひそかに大蛇ってこんなものじゃない、と大蛇のために義憤を感じたりしたものである。

その時の母は、今の私の年より少し若かったと思う。母に似ると肥る、デブになる、と私は兄たちからおどかされつづけていた。兄というものはどうしてこう、妹のいやがることばかり探し出してはいいたがるものなのだろう？　私が二つの時、乳母車の中でウンチをして、それを食べてしまったという話を、何かというと兄は公開したがるのだ。身のあかしを立てるにも、二歳の時のことは記憶にない。どんな作り話をされても、反駁《はんばく》の余地がないところに、後から生れた者の不運があるのである。

下着を買いに行くと、必ずウエストの寸法を訊《き》かれる。数年前までは私は自分のウエストの寸法など全く無頓着だった。ところがこの二、三年、自分のウエストばかりか、人のウエストまで気にかかる。私の母がよく道で、「向うから来る人と、母さんとどっちが肥ってる？」と訊《たず》ねたのと同じ気持である。

私のウエストは実に微妙なウエストで、一日のうちで二センチも三センチも伸縮するのだ。少しでも飲みものが入ると、忽《たちま》ちウエストは広がる。食事をすると三センチは太くなる。そこでウエストの寸法を訊かれると、いつも正確に答えることが出来ないので、改めて測ってもらうことになる。しかし測る時が食前か食後かで寸法が変化するのであるから、そのへんの事情を説明しなければならなくなる。

その説明を聞く時の相手の反応が面白い。思わず笑う人がいるかと思うと、笑いたいのをこらえて却《かえ》って真面目くさる人もいる、と思えば、そういうことは何もあなた一人ではない、ザラにあることです、というふうにわざと何でもなげにフンフンと肯《うなず》く名医スタイルのデザイナーもいる。こうした時の応待の仕方で、大体その人の性格がうかがわれるのが私には面白い。

若い頃は、年をとってどんなに皺《しわ》やしみが出来てもいいが、肥ることだけはどうしてもイヤだと思いつづけていた。その一番いやなことが、今起りつつあるのだ。だが、いやだいやだと思いながらも、痩《や》せるために絶食をしたり体操をしたいとは思わない。もう今となっては、夏服を去年のが無事に着られればいいという心境である。

贅肉の心配どころではない

この頃、健康法について雑誌社などから質問を受けることが実に多い。おそらく健康に留意しなければならない年齢になってきたために質問が来たのであろうと思うが、その度《たび》に返答に窮する。

「健康法ですか……うーん」

と唸《うな》ったまま言葉が出ないので相手の人は、

「例えばジョギングをなさっているとか、ヨガとか、縄飛びとか……」

「それが何もしていませんのよ。不精者でしてねえ……」

「では食物の方ではいかがでしょうか？　麦飯とか玄米食とか、あるいは海藻類を積極的に摂《と》るようにしていらっしゃるとか……」

「いや、それもねえ……何もしてないんです」

「お酒、煙草《たばこ》の方は？」

「煙草は吸ったことがありませんしね、お酒もたいして好きな方じゃないので、つき合い酒の程度ですし……」

「コーヒーとか甘いものは……」

「コーヒーも嫌いなんです。甘いものといっても、あれば食べるし、なければ食べないし……わざわざ買いに行くほど食べたいとは思いませんのでねえ……」

「はあ……」

相手は気が抜けて暫《しばら》く絶句した後、

「では、健康法は何もしていらっしゃらないんですね」

不機嫌に念を押す。

「何もしていませんのよ、すみません」

自分の問題なのだから謝る必要もないのについ謝ってしまう。

考えてみれば私は自分の血圧が幾つなのかも測ったことがないので知らないのであ

る。

「血圧ぐらい知っておきなさいよ」

とよくいわれるが、わざわざそのために病院へ行くというのも面倒くさい。おそらくは低血圧であろうと思うが、それがわかったとしても私にとって格別どうということはないのである。

しかし健康法、健康法と、あちこちからその言葉が耳に入ってくるということは、世の中の多くの人がそれほど健康管理に気を配っているということなのだろうと改めて感心する。

しかしその一方で、

「あんまり長生きしたくないわねえ」

「いい加減にコロリと逝きたいですわ」

「人に迷惑をかけないようにねえ」

という言葉も始終耳にする。

本当に長生きしたくないのなら、健康法に心を配ることもないと思うのだが。

健康法についてのコメントがひと休みしたと思ったら、この間は下腹の贅肉を取るためにどんなことをしているか、というコメントを求められた。こういう質問を受ける時に不思議に思うことは、相手の人は、こちらが下腹の贅肉を取るために腐心していると、あるいは健康法を実行しているとアタマから決めてかかっていることで、咄《とっ》嗟《さ》の返答に私は困る。

「下腹の贅肉ですか……」

「ええ、どんなふうにして贅肉退治をしていらっしゃいますか、お聞かせ願えたら有難いんですけど」

それを訊くならその前に、下腹に贅肉がついているかどうかを確かめてから訊くべきではないのか！　とちょっとムッとするが、訊くまでもなく、確かにごってりついているのだから、それを咎《とが》めるのはいいがかりというものになるだろう。

「贅肉なんて、そんなもん、つけっ放しですよ！」

思わず語気が鋭くなるのが情けない。

「つけっ放し？　お気になさらないということですね？」

「いや、それは気にしないといえばウソになります。スカートが年々、キツくなっていくのは贅肉のためなんですから、不経済ですしね」

贅肉が気になるのは、スタイルをよく見せたいという、俗っぽい欲望からではないといいたいのだ。そういわなければ沽券《こけん》にかかわる、といった気持がある。

「どっちにしたってもう来年は六十なんですよ。贅肉なんかの問題よりも老眼がひどくなってきたこととか、歯が悪くなってきたこととか、記憶力減退とか、仕事や生活の上での支障がだんだん増えてきているんですから、とても贅肉の心配なんかしているどころじゃないんです……」

「はあ、なるほど。そういうものですか」

なにホントは洋服を着る度に鏡に映る下腹の具合を見ようとして、息を止めては下腹を引っ込めてみたりしているのだ。

中途半端に年をとると、こういう無理をすることになる。本当に年寄りになるということはこの無理が消えていくことなのだろう。早くそうなりたい、とついいうと、それも無理のひとつでしょうといわれた。

化粧は生活のアクセント

「なんだい、いい年をして、シワの中におしろいをブチこんで……」

というセリフがある。この頃はあまり聞かないが、私の若い頃には四十歳過ぎの厚化粧は「いい年をして」という言葉によって嘲《あざけ》られたものだった。

だからその頃の中年は、四十を過ぎると地味な着物を着、化粧を薄くして目立たぬように心を使った。そうして二言目には「もう年ですもの」とか「この年になって」などといっては、年齢に先んじて老けこんでいったのである。まるで急いで老けこむことが女としてのたしなみであり、義務であるかのような観さえあった。

戦後、女を縛っていたもろもろの観念が解き放たれ、女は幾つになっても若く美しくあるべく努力すべきだという風潮が生れ「いい年をしてシワの中におしろいをブチこんで」ももう誰もとやかくいわなくなった。女はいつまでも若く美しくありたいという願いを、誰にも遠慮せずに出せるようになったのである。

かくて一万円のクリームとやらが生れ、シワを取ったりハナを高くしたりホオをふくらませたり、若さと美貌を保とうとする女性が続出。夫も子供もいて、今更ウリ出す必要もないのに、なぜそんなにカネをかけるのかと、もともとケチに出来ている私などはもったいなく思うのだが、美しくなるのはソントクじゃないのよ、人生を明るくするためよ、あなたは作家のくせにソントクでしかものを考えないの！とやりこめられる始末。

ハナが高くなって明るくなる人生というものも結構ではあるが、少し簡単すぎはしないかと、こっそりと呟《つぶや》くのみである。

「美しい中年」という言葉をよく婦人雑誌などで目にするが、中年を美しく過すということは簡単なことではない。粧《よそお》うことと衰えていくことが追いかけごっこしながら、老年に向って行く女の一生の中で、一番むつかしい時期だ。シワをかくしても、シミを取っても、間もなく衰えは追いつく。きのうは一度はたいただけのおしろいを、きょうは二度はたかねばならない。あすは三度、その次は四度と、自分では知らぬままに化粧はこってりとなっていき、ついにシワの中にブチこむということになる。

そうして不自然な作りものの若さの中で、自分ひとり若さを保っていると自足しているが、他人はそこに必ずしも若さを見ないのである。かくされたシワやシミよりも、そのおしろいの厚さがかえってその所在を教えているのだ。

もはや老年に入って、なお、女らしい美しさを失わない女性がいる。さりげなくくしけずって束ねた半白の頭髪、ほのかにつけた口紅の薄くれない。化粧にもたれかかる人と化粧を生活のアクセントと考えている人との違いであろう。

中年婦人に必要な身ごなしの機敏さ

この数年来、女の寿命が延びたといわれているが、それと同時に中年婦人も初老の婦人も、実際の年よりは四、五歳は若く見える人が多くなった。化粧などもただ塗りたくった昔と違ってハダを整えるという基礎づくりに重点がおかれるようになったし、何よりも主婦の生活に物質的にも精神的にも余裕が出来、忍従が追放され、いいたいことをいい、したいことが出来るようになってきたことが女を若返らせたのだろうと私は思う。

ところでその美しく若返った中年婦人に、たったひとつだけ注文がある。

それは中年主婦の、その若返り方にふさわしくない、あのノタリノタリの歩き方だ。

なぜ女は主婦になるとあんなふうにノタリノタリと歩くのだろう？　一人で歩いている時はまだしも二人づれ、三人、四人、と数が増えるに従ってノロノロがひどくなる。

かく申す私も中年主婦のハシクレだが、元来、せっかちなせいもあって同年輩の主婦の人たちと一緒に歩いていると、いつのまにやら一人だけ群から離れて十歩ほど先を歩いていることに気がつく。しかも道のりの長さに従ってその十歩は十五歩、二十歩とだんだんに広がり、気がついてふり返ると、いつのまにどこへ行ったのか姿は見えない。仕方なく今来た道をもどって行くと、さっきの道の真ん中につっ立って何やら大声で笑いさざめいている。人は歩きながらでも笑える。何も笑うためにわざわざ立ち止ることはないと思うのだが。

主婦は毎日の細かな家事労働の中で、一日いっぱい立ったり坐ったりして暮している。子供のすることをのろいといって叱り、もっとさっさと身体《からだ》を動かしなさい、あんたを見ているとイライラするわという。家の中では主婦は軽わざ師のように身軽で、掃除、洗濯、アイロンかけ、料理、何でも手早くやってのけるベテランである。それなのに一歩出て町を歩くとなるとノロノロになる。町を歩くということが主婦の生活にはないためか、買物かごを下げて八百屋、魚屋、また向うの八百屋とゆっくり店を眺めながら歩くことが、主婦の憩《いこ》いの場所となっているのであろうか？

一向に念を入れて装っていない人だが、美しい感じを人に与える中年婦人がいた。中年婦人の集りの中で何となく目立つ。何が彼女を目立たせるのかと観察しているうちに、中年にとって大切なものはハダの若さや化粧上手ではなく、身ごなしの機敏さであることがわかった。

私が若い頃、中年婦人に対して持っていたイメージは、電車の席の十センチほどのスキマに大きなお尻を割り込んでくるというイメージだった。今の中年婦人は若い人たちにどんなイメージを持たれているか。時々私は若い人にそれを訊きたいと思う。

60代

孤独に耐えて立つ老人になりたい

4章

老年は人生最後の修行の時

いかに上手に枯れるか

今は老いも若きも、殆《ほとん》どの日本人が人生は楽しむもの、楽しくなければならないと思い込んでいるようである。それはまるで強迫観念になってしまったかのような観さえあり、国中に楽しみを得るための情報が氾濫している。

この十一月で六十六歳になった私には、楽しい老後を過すにはどうすればいいか、という質問が始終くる。だが私のような貧乏性の人間は、楽しい老後とはどういうものか、よくわからない。元気に働きつづけるのが私にとっての「楽しいこと」のような気がするが、どうもそんな答では通用しそうにない空気が世間には流れているようである。

楽しい老後を持つためには気持を若く持つこと、老い込んではいけない、おしゃれの心を持ちなさい、進んで外へ出ること、グループを作ること、趣味を持つこと、年を忘れて恋をしなさい、セックスをしなさい、と数々の情報は教える。

けれどもねえ、と私は思う。年を忘れて恋をしなさいといわれても、これは相手がいることだから、年を忘れるのは自分よりも相手にお願いしなければならないことではないか、つらつら鏡を見れば相手にそれを望むのも無理であることがよくわかる。恋の相手は分相応の相手でなければ成立しがたいが、果たして分相応の相手を好きになれるかどうか、これは難問題である。外国旅行を楽しみなさいといわれても、すぐに腰痛が起ったり、過酷なスケジュールにヘトヘトになったり、ツアーの中に必ずいる遅刻常習者や忘れ物の名人などに腹を立てたりして、折角の外国旅行が楽しいどころか疲労と怒りの日々になるであろう。「楽しい老後」と情報提供者はこともなげにいうけれど、体力（若さ）を失っている身には、そう簡単に手に入るものではないのである。

どんなに頑張っても人はやがて老いて枯れるのである。それが生きとし生けるものの自然である。それが太古よりの自然であるとすれば、その自然に自分を委《ゆだ》ねるのが一番よい。私はそう考えている。

そこで今、私が直面している問題は、いかに自然に老い、自然に逆《さか》らわずに死んでいけるか、ということだ。いかに孤独に耐え、いかに上手に枯れていくか。長命がめでたいのは、心も肉体も枯れきって死ねるからめでたいのだと私は考えている。肉体にエネルギーが残っている間は死ぬのは容易ではない。心に執着や欲望を燃やしたまま死ぬと、死後の魂は安らかでない。

今、多くの老人は老後を楽しく送りたいという願いの一方で、人に迷惑をかけずに死んでいきたいものだと心から念じている。家族主義の中で老人が大切にされ、敬われていた時代は老いて病むことも子や孫に預けておけばよかった。しかし犠牲を悪徳のように考える今は、身内の者が平和に楽しく暮す権利を認めなければならないから、老人はひたすら迷惑をかけることを怖《おそ》れている。六十歳も半ばを過ぎて、私は漸《ようや》く自分の死について考えるようになった。私も遠からず老い衰えて死を迎えるのである。

そのためには私なりに準備をしておかなければならないと思っている。

これからの老人は老いの孤独に耐え、肉体の衰えや病の苦痛に耐え、死にたくてもなかなか死なせてくれない現代医学にも耐え、人に迷惑をかけていることの情けなさ、申しわけなさにも耐え、そのすべてを恨まず悲しまず受け入れる心構えを作っておかなければならないのである。どういう事態になろうとも悪あがきせずに死を迎えることが出来るように、これからが人生最後の修行の時である。いかに上手に枯れて、ありのままに運命を受け入れるか。楽しい老後など追求している暇は私にはない。

私は「私の自然」に従って生きる

ある新聞社から、年寄りの男性方に女の立場からエールを送ってほしいという依頼を受けた。女性が男性を凌《しの》ぐ勢いをもってきた当今、萎縮《いしゅく》気味の男性を激励してほしいというのである。しかしこの私は六十路《むそじ》も半ばを過ぎ、今や男とも女ともつかぬ存在になり果てた身である。女性の立場から一言といわれても、何の言葉も出てこない。

年をとっても尚、元気で美しく楽しく過すにはどうすればいいか、女の先輩として一言、というコメントもよく求められるが、そんなことは考えたこともないから、こちらの方で訊きたいくらいである。でもあなたは声は大きいし歩くのは速いし、どこからそんな元気が出てくるのですか、といわれて気がつく。そうか私はまだ元気なのか、と。

だがこの元気は空元気《からげんき》なのであって、なぜ空元気が出るかというと、これは私の戦闘的な気質のためなのであろう。私は私の性分に引きずられてそうしているだけであって、意志的に元気を出しているわけではない。考えてみると空元気を出せるということはまだエネルギーが残存しているということで、やがては空元気も出なくなってしまう日がくるのだろう。だがそれは私にとっての自然であるから、それはそれでよろしいのである。

だがその時に、さあ佐藤さん、元気を出して下さいよ、前のあなたはどこへ行ったの、これからの年寄りは年をとったからといって引っこんでいてはダメですよ、おしゃれをして外へ出て楽しむのよ、お友達を沢山持って、恋もセックスも大いに楽しめばいいのよ、などといわれると私は困る。「引っこんでないで」といわれても私は引っこんでいるのが好きになっているのである。おしゃれをするのも面倒くさい。だから出不精になる。するとソレソレ、それがいけないのよ、それじゃ老い込んでしまいます、とお説教される。

老い込むのが何が悪い、と私は怒りたくなる。老い込むことが私の自然であればそれに従えばよいではないか。

私にとっての自然とあなたの自然とは違うのだ。七十歳になっても五十代に見え、真紅のドレスの似合う人は、それだけのエネルギー、気持の晴れやかさがあるから似合うのであって、その人が似合うからといって私が真紅のドレスを着て現れたら、ばあさんの漫才師が来たと人は思うであろう。漫才師に見えるか見えないかは、その人にとってそれが自然か、無理をしているかの差である。

本当の年齢から十も若く見えたとしても、ただ、それだけのことであって、とりたてて自慢するほどのことでもない。羨望《せんぼう》することでもない。

今は欲望の充足が幸福だという思い決めが横溢《おういつ》している時代である。欲望は人間に活力を与えるもとであるから、欲望を盛んにするのがよいと多くの人が思っている。そう思うようになったのはマスコミが商業主義のお先棒を担いだためにちがいない。快楽は幸福であるという思い込みが価値観の混乱を招き、諦念や我慢は恰《あたか》も悪徳ですらあるかのようだ。

「老人にも性欲がある。それが人間の自然なありようであるからには、それを隠したり恥じたりする必要は少しもない。独り身の老人は男も女も堂々と恋愛をし、セックスの相手を求めなさい、若い者は老人のためにそれを理解し、認めなくてはいけません」という提言も盛んである。

それを耳にすると私はムッとする。「余計なお世話だ」といいたくなる。老人自身がそう主張をしているのならともかく、十も二十も年下の者からそんなことをいってもらって有難がるわけにはいかぬという気になる。それは頑迷傲慢《ごうまん》ではなく、気概を持ちたいという気持からだ。

かつて老人が老後の幸福として願ったことは心の平安というものではなかったか。それは「今ここにある自分に満足する」ということではなかったか。しかし快楽が幸福だと考えられるようになった今は、今ある自分に満足することがむつかしくなってきた。老いても容易に涸《か》れぬエネルギーが、「楽しい老後」を持ちたいという思いを膨張させる一方で、やがてくる病と死への不安は恰も慢性の病気のように絶えず鈍い痛みを与えているのである。

老人の人生経験は今は後輩たちに何の役にも立たない時代だ。人生の先輩として教えるものは何もなく、従って老人に払われた敬意はカケラもない。あるのはただ形式的な同情ばかりだ。そんな時代に老後を迎える私がこれから心がけねばならぬことは、いかに老後の孤独に耐えるかの修行である。若い世代に理解や同情を求めて「可愛い老人」になるよりも、私は一人毅然と孤独に耐えて立つ老人になりたい。それがこれからの目標であり、それを私の人生の総仕上げとしたい。

なんだ、これは！

若い頃から私は細かいことに気がつかない方で、中年になっても常識がなさすぎるとよく非難されたものである。

やれお辞儀の頭が高すぎる、歩き方が乱暴だ、言葉づかいが悪い、無愛想だ、雑巾の絞り方がゆるい、茶碗の拭き方が粗雑だ、身だしなみが悪い……などとあれこれいわれつづけて今日に至った。

だから己を省みるとあまり人のことはいえた義理ではないのだが、六十九年も生きるうちには、いわれたことが少しずつ身についたとみえて、この頃では、

「なんだ、これは！　常識がないにもほどがある！」

と思わず口走ることが少なからずある。そんな述懐をすると、

「気持はわかるけど、何ごとも見ざる聞かざる言わざるよ。それが穏やかに心静かに

暮すコツですよ」

と訓戒してくれた旧友がいるが、また別の友達は、

「そんなことといったって、目を開いている限りはいやでも見えてしまうし、耳栓でもしなければ聞えてしまうわ。見たもの、聞いたものは心に灼《や》きついて始末がつかなくなる。思い切っていいたいことはいってしまった方がいいのよ。そうしたらさっぱりして、そこではじめて心が鎮《しず》まるのよ」

といった。心弱い人、心強い人、エネルギーのある人、ない人によって、対応の仕方が違うのが当然で、それぞれの年輩者がそれぞれの性格に従って、それぞれのやり方で（老人にとっての）このむつかしい世の中を何とか平和に生きようとしているのである。

前述の心弱い友達は、孫があまりに我儘《わがまま》なので、それをたしなめたところ、

「お母さん、子供のことはぼくらに委《まか》せて下さい」

と息子にいわれて以来、見ざる聞かざるを決めこむことにしたのだそうだ。

一方、気強い友達は新幹線の中で走り廻るよその子供を叱ったのがもとで、その母親まで怒鳴りつける結果になったいきさつをこう話した。

「その母親ったらね。子供に向ってこういうのよ。『そんなにしてたら、またあのおばあちゃまに叱られますよ』って。あのおばあちゃまに叱られますよ、ってことはないでしょう。なんで子供をたしなめるのに人のせいにするのよ！　人に迷惑をかけるのはよくないことであるから、静かにしなさい、と母親自身の意見として、いうべきでしょう？　それがしつけというものじゃないの！　だから、私、そういってやったのよ……」

気弱の友達は目を丸くして声なし。私は、

「よくいった」

とにっこり。強気の友達は、

「年寄りが弱気になって引っ込んでいるから、非常識がのさばるのよ！」

と軒昂《けんこう》たるものだった。

ところで私が近頃、「なんだ、これは！」と口走ることのひとつに、我が家へ来る若い女性の中に玄関のドアを開け放したまま帰っていく人が増えてきているということがある。

私が育った頃は、家や部屋を出入りした後、戸や障子を閉めない者は、「便所へ行ってもおシリを拭かない人」だといって叱られたものだ。戸とおシリとは問題は別だろう、などといい返す智恵はなかったから、そうか、そんなに羞《はず》かしいことなのかと気をつけるようになった。

だがこの頃の若い女性（なぜか男性にはいない）は来た時も帰る時もドアを閉めない。夏ならいいが、冬は寒い。

「なんだ、これは！」

といいつつ、私は出て行ってドアを閉めるのである。

「便所へ行ってもおシリを拭かないの？　あなたは……」といってやりたいわ、と私がいうと、前出の気弱い友達はいった。

「今はおシリ拭かないのよ。洗浄器で洗って乾かすのよ……」

ふーん、と私は気が抜けた。考えてみると今は会社、マンション、ホテル、スーパーマーケット、レストラン、ラーメン屋どこへ行っても自動ドアが普及している。ドアの前に立てば、スイーと開き、通り過ぎればスイーと閉る。

それを一日に何度かやっているうちに、出入口では、手を使わずにスーイと通る癖がついてしまったのだろうか。そのため我が家のような築三十余年の弊屋《へいおく》へ来てもスーイスーイと通ってしまうのかもしれない。私がそういうと、気弱の友達は、「そうそう、そうなのよ、そう考えるのがいいのよ」

我が意を得たように身を乗り出した。

「何ごとにもそうなった原因があるのだ、と思うのよ。そしてその原因はどこにあるのかを考えるのよ。分析していくと、何か思い当ることが必ず出てくるわ。そうしたら、なるほど、そうだったのか、と思って許す気持になれるのよ」

彼女はいった。

「けど私、なにも若い人の味方をしようとしているんじゃないのよ。感情的になるまいとしているのよ」

「なるほどねえ！」

と私はいい、しかし、自動ドアの癖がついたからといって、木造のボロ家へ来てもその癖に身を委《まか》せているのは、やはり頭の働きがニブイといえるのではないか、と思ったが、気弱の人にいわせると、そういう思いを抑えることが、現代を生き抜く智恵だ、というのであった。

ああ、これが人生か

世田谷区太子堂《たいしどう》に住むようになったのは、昭和三十一年の四月からである。その時私は三十一歳、そして今はあと半年で古稀《こき》を迎えるという年になった。

私の一人娘は生れて間もなくからこの町で育ち、ここから嫁いで今は孫を連れてやってくるが、その娘が小学校へ上るまでは我が家も平和で、私はまだ無聊《ぶりょう》をかこつ無名作家だったから、娘の手を引いてはよく夕餉《ゆうげ》の買物に出かけたものである。その頃——昭和四十年前後が、私が最もよくこの町と馴染《なじ》んだ時代だ。

茶沢《ちゃざわ》通りの商店街で用を足した後、娘の手を引いて行くのは目青《めあお》不動だったり、八幡神社だったり、環状七号線に跨《また》る歩道橋だったりした。

私が大好きな道は、昔ながらの路面電車が走る世田谷線沿いの、枕木を柵《さく》にした小道である。

私が育った兵庫県の小さな村にも阪神電車の高架の裾《すそ》に枕木の柵があって、その道が私の通学路だった。森繁久彌《もりしげひさや》さんと私は同郷だが、二人で思い出を話しているうちに、

「あの、阪神電車に沿ったあの道……」

「そう、枕木の柵！」

「有刺鉄線が張られていて……」

それだけいい合って後は何もいわず、私たち二人だけにしかわからない懐かしさに沈んだのだった。太子堂を走る路面電車の「枕木の柵」の道には、そんな遥かな日々への、誰にもわからぬ私だけの感傷があって、そこを通る時、いつも何やら切なくなるのだった。

しかし、最近その道を通って私はがっかりした。あの枕木の柵がない。柵は先の尖ったコンクリートに変っている。

そこの小さな踏切を渡ると、灰色の郵便局の大きな建物の横に出て、そこは夕暮れ

時などふと怖いような寂寥《せきりょう》が漂っているのを感じたものである。

ある初夏の暮れ方、娘の手を引いてそこを通っていると、郵便局の建物の一隅に薄黄色い電灯が弱々しく点《とも》っていて、開けた窓から白布を胸に広げて散髪をしてもらっている人の姿が見えた。

郵便局にも床屋さんがあるの？　といった娘に私は、あれはもしかしたらオバケかもしれない、この郵便局が建つ前にここに店を出していた床屋さんが、立ち退《の》きを苦にして自殺して、幽霊となって出ているのかもしれない、などといって怖がらせ、以来そこを「オバケ床屋の道」と呼んだりした。太子堂の町には方々に、私と娘が勝手にお話を作って名前をつけた坂道や街角がある。

あのオバケ床屋はどこへ消えたのか？　そのうち二十七階建てのビルが建てられるというのは、もしかしたらそこいらへんなのかもしれない。

高度経済成長の頃からの東京の町々の変貌は目を瞠《みは》るものがあったが、太子堂の変化は実に緩慢で私を喜ばせていたものだ。それがこの五、六年、「ブルータスよ、お前もか」といいたいほどの急激な変化を追いはじめた。

変らないのは八幡神社だけである。毎年、春になるとさまざまな小鳥を我が家の庭に送ってくれる八幡さまの森は、昔ながらに茂っているように見える。

だが気をつけて見ると、かつての鬱蒼《うっそう》とした佇まいは少しずつ衰えているようで、それは恰《あたか》も頭髪に白いものが増え、足腰が弱り、すっかり不精になって、日々衰えを感じるようになっている私と同じようで、時と共に老いた「幼な友達」といった切ない懐かしさを覚えるのである。

この頃、私は毎月一日と十五日に、早起きをして（といっても寝坊の私にとっての）八幡さまにお参りをするようになっている。

かつて思いもしなかったことをしている自分を思い、しみじみと「ああ、これが人生というものか」と胸に呟《つぶや》くのである。

60代　孤独に耐えて立つ老人になりたい

5章　女はバカで結構

身を削ってこそ

女学校時代からの友達で、Ｙさんという人がいる。どこの学校にも〝変り者〟といわれる人間がいるものだが、私の通っていた学校では、私とＹさんが変り者の双壁という感じで存在していた。そうした〝変り者〟といわれている者同士が、お互いに抱く友情といったものを持ち合っていた。

私とＹさんは変り者と見られていたが、もし変り者にも真贋《しんがん》があるとしたら、Ｙさんの方はホンモノの変り者で、私の方はニセモノだったと思う。私は自己顕示欲の強い少女で、人を驚かせたり、注目させたり、笑わせたりすることばかり考えて暮していたといってもいい。私はわざと、穴の開いたズックの靴から親指をのぞかせて通学したり、授業中に大クサメを連発して先生を怒らせたりした。

Ｙさんの方は私に劣らず身に合わないダブダブのスカートをはき、授業中にとてつもない質問をしたりしては、クラスメイトを笑わせたりするのであったが、それは私のように自分を目立たせたいからではなくて、彼女としてはしんそこ真面目に、一所懸命にしていることが、人を笑わせたり驚かせたりする結果となるのであった。

例えば彼女はある日、黄色と黒のダンダラの靴下をはいてきて皆を驚かせた。通学用の靴下が全部破れていたので、仕方なく彼女は中学生の弟の野球の靴下をはいてきたのである。またある時、彼女は二階の教室の窓から校庭を見ていて、真下を歩いて行く教師に向って、

「トックリ！」

と叫んだ。それも彼女としては向う受けをねらったいたずら心からではなく、そのハゲ頭を見ているうちに、突然「トックリ……」と呼んでみたい衝動にかられたためなのであった。

私はホンモノの変り者であるYさんに、ひそかに一目おいていた。彼女の持ってい

る正直さ、率直さ、自然さは、強い自意識のワクの中でうごめいている私には、いかにもさっそうと美しく見えたのである。

それから三十年間、私とYさんは親しい友達として、ずっとつき合ってきた。Yさんは夫婦げんかをしては、私のところへ電話をかけてくる。S県にいるYさんは、長話をすると電話料が高くつくので、電車に乗って都内のI駅までやって来る。そうしてI駅の公衆電話で、夫婦げんかの愚痴話を私にかけてくるのである。やがて電話があくのを待つ人の行列が出来る。するとYさんは別の電話を探してかける。ハシゴ酒というのはあるが、ハシゴ電話というのは聞いたことがない。最後にある商店で、彼女はまた私に電話をかけた。

「……それでねえ、主人ときたら……」

といいかけて、突然、彼女はあっと叫び、何です、何ごとです、と問うている。あたりは何やら騒然とした気配である。暫《しばら》くしてやっと事情がわかった。彼女は電話に熱中してお尻で非常ベルを押していたのである。

私は彼女のためにいろんな迷惑をこうむった。ある時彼女は失恋し、その痛手を忘れるために電気ショックをかけ、私から一万円を借りていたことを忘れてしまった。借金の方は忘れて失恋の痛みだけが残ったのである。

しかし、私たちの友情は、そういうことのためにいっそう長く強く持続してきたといえると思う。私は彼女のいつも垣根を取っ払ったような正直さが好きなのである。

友情というものは、相手のために身を削ることによって、深まるものだと私は思っている。こぎれいな言葉やスマートなつき合いの中では、本当の友情というものは育たないのではないだろうか。理解というものは腹を立てたり立てさせたりしながら深まるものだ。〝身を削る〟ことの大切さは、友情においてばかりでなく、恋愛でも結婚生活でも、人生を生きる上で一番大切なことだと私は考えている。

愚友親友

六十年も生きてくると、友達の数はもう数えきれないほどである。もの心つき始める頃の、まず人生最初の友達は、多分、誰もがそうだと思うのだが、隣やお向いや裏の子供たちだが、それから幼稚園、小学校、とだんだん生活が広がっていくにつれて、自然に友達の数も増えていく。

しかしそれらの友達の大部分は、丁度《ちょうど》、汽車の旅に出ると、小さな駅が次々に現れては彼方へ消え去って行くような、そんな小駅のような友達で、その中には通過駅のような友達もいれば、三分停車の友、五分停車の友、あるいは乗換駅、といった趣の友達もいる。

それらの友達の数は、もう何百人という数に上っているだろうが、その通過していく何百人の中に、いつまで経《た》っても通過していかない何人かの友人がいる。「親友」である。

私の親友は四人いる。四人とも旧制高等女学校一年の時からの友達だから、姉妹のように気心が知れている。四人のうち三人は関西に住んでいるが、私とM子の二人は東京にいるので、M子と私はお互いに迷惑のかけっこをしてこの二十年余りを過してきた。

安心して迷惑をかけられる友達なんて、そうザラにいるものではない。若い頃、といっても四十代の頃のことだが、私はM子のためにわざわざ一緒に京都まで行き、秋雨降る深夜の先斗町《ぽんとちょう》の、とある酒場の前に一時間、濡れしょぼたれて二人で佇んだことがある。

なにゆえ、そんなところに佇んでいたかというと、M子のご亭主は仕事で時々京都へ行くが、酒場のマダムとただならぬ仲になっているらしいことをM子が察知し、その確証を摑《つか》むためにご亭主の京都出張の日を狙って、そこへ張り込むことになったのである。

「モノ好きねえ」
「ヒマだねえ」

などといわれるかもしれないが、「親友」の中にはこういう時に賢くたしなめる親友もいるだろうけれど、お互い愚かな部分が呼応し合って親友になるという場合の方が多いのであって、私のオッチョコチョイ性とM子のオッチョコチョイ性はこういう場合にはいつも見事に響応し合うのである。

「なに、浮気！　怪《け》しからん！」

と私も我がことのように憤慨して、

「よし！　行こ！　行ったげる！」

ということになったのだ。

さて、私たちは一時間近く電柱の陰に立ってご亭主の現れるのを待っていたが、一向にやって来ない。

「今夜は来ないんじゃないの。もう帰ろうよ」

「いや、必ず来る。もう十分待って」

という会話を何度交わしたことか。いくら親友だといっても、こう冷たい秋雨に打たれては、私といえども正気に立ち返る。しかし彼女は当事者であるから、秋雨くらいではまだまだ正気に戻らない。十分待って、もう十分、もう五分といいながら更に三十分経過してから、

「クソッ！　こうなったからには思いきって中へ入ろう！　どんな女か見てやるわ！」

ということになった。

雨に降られて雨宿り、という格好で入って行けば、見かけぬ女が二人で入って行っても訝《いぶか》しくないのではないか、などと相談して勢いをつけてドアを開けた。勢いをつけたのは、「雨宿り」のリアリティーを出さなければ、と考えたからである。

折角リアリティーを出したつもりだったが、店の中はガランとして客は一人もいない。カウンターに白いエプロンをかけた化粧気のないおばさんがぽつんといて、

「いらっしゃいませ」

愛想のない声でいう。仕方なくビールを注文し、二人でテーブルに向き合って飲んだ。

秋雨に打たれた後のビールの、何と冷たかったこと！

「なんだ、おばはんやないの」

「あの女やろか？」

「まさか、という感じ」

「訊《たず》ねてみようか？」

「なんて？」

「あなたがここのママですかって」

「そうだっていったら、そのあと、何ていうの」

「何ていおう？」

シーシー声でポシャポシャしゃべり合う。カウンターの向うで、エプロンおばさんはうつむいてグラスを磨いている。

「何やしらん、侘しい店やねえ」

「出ようか？」

「ホテルへ帰ろう」

二人で気落ちして店を出た。

雨は小やみになった。人通りは絶えている。タクシーを拾おうとして通りの方へ歩いて行くと街灯が彼女の姿を浮き上らせた。

彼女はご亭主に気づかれてはいけないというので、男モノのサングラスにハンティングをかぶり、電気屋の店員から借りてきた電気メーカーのネーム入りのブルウのジャンパーを着ていたのだが、そのゆきは長く、大きなサングラスが時々、鼻の真ん中へんまでずり落ちてくる。

それを見ると私は胸がいっぱいになった。

ああ、我々の友情も年古《ふ》りたなあ、という感慨が湧いてきた。思えば女学校四年、十七歳の春、彼女は宝塚の楠《くすのき》かほるという男役にネツを上げ、楠かほるの魅力を私に見せたいといって無理やり私を宝塚へ連れ出した。

私は楠かほるに魅力など少しも感じなかったのだが、宝塚を見に行ったということが教師にわかって、私とM子はクンセイという女教師に居残りを喰《くら》ってひどく叱られた。その頃は宝塚や映画を見に行くことはなぜか禁じられていたのである。宝塚へ行った私とM子だけが居残らされたのではなく、クラス全員が居残りをさせられる、という厳罰である。一人の不心得は全員の不心得、というわけだ。私は見たくもない宝塚を無理に見させられて叱られ、私のクラスメイトたちは見もせぬ宝塚を、私とM子が見たということで叱られたのである。さんざん説教されて、やっと帰ることを許され、もう暗くなりかけた道を歩きながら、我々はクンセイの悪口をいった。

その時のように、今京都の夜道を私とM子はM子のご亭主の悪口（彼の渾名《あだな》をメスライオンという）をいいながら歩いている。セーラー服におかっぱ頭であったM子は大きすぎるサングラスで変装をし、(彼女は電気屋のジャンパーを着ているからいいが)私は濡れた着物の洗い張り料を心配しいしい裾《すそ》をからげ、足をニョッキリ出した姿で。

月日は流れたが、我々の友情は変らないのである。

「いったい誰が、ああいうアホらしいことのために、京都くんだりまで行ってくれるでしょう! アイちゃんの厚い友情に、私は胸が熱くなります。ありがとう、ありがとう」

その後、M子からそんな礼状が来た。それは今でも手許《もと》にある。余白に一行、

「それにしても、あんたという人は、やっぱりカワッテル。幾つになっても」

と追伸が記されていた。

そういう友達を愚友というのよ、という人がいたが、親友というものは多かれ少なかれ愚友の要素を秘めているものなのではあるまいか。

ついでながら、M子のご亭主の愛人の酒場は、我々が行ったエプロンおばさんのい

た酒場の、その二階にあったのだそうである。

マコトの女

男が女をやっつける時のきまり文句に、

「女はバカである」

の一言がある。この数年来、女は強くなった、男は意気地がなくなったとマスコミなどが騒ぎに騒ぎ、かくてはならじと一部の男性代表がテレビで男のマキ返しなるものを策した時も「女はバカ」のアホウのひとつ覚えを乱発された先生方が少なくなかったという。

なぜ女はバカであるかということの、大半の理由として〝単純さ〟ということがあげられていたというが、それに対して怒り心頭に発した一群の女性視聴者から抗議の電話や手紙が先生方のもとに殺到し、

「見ろ、だから女は単純でどうにもならんというんだよ！」

と諸先生をして凱歌を挙げさせたのは、何とも口惜しい限りであった。

女の生《き》まじめさと正義感は女の三大特性の第一に数えられるものだが、女はその特性によって懸命に家庭を守り子を育ててきた。何のかのというが男は女のその犠牲のおかげで、安心して外へ出ているのである。もし女が男のようにふまじめであったら、男はまず生れた子供が果たして自分の子供であるかどうかという問題から悩まねばならぬであろう。


とはいうものの、現実生活というものは、さまざまの矛盾した要素の組み合わせによって成り立っているものであるから、時と場合によっては、せっかくその生まじめさや正義感も所を得ずにただ爆竹のようにハネ廻ることがある。

「とにかく女ってのはヤキモチやきだねえ」

といった男性の一言に、マナジリをけっして、

「そうさせたのは誰です！　あなたがた男じゃないの、男がいつも信頼出来る相手な

ら、女だって嫉妬深くなったりしませんよ！　何さ、男なんて、自分のことも反省しないで、勝手なことをいうなんて、許さないわよ！」

という調子である。なにもそんなにカンカンになるほどのことはない。男と女の愛情の質を考えてみれば、女がヤキモチやきなのは当然なので、ヤキモチもやかない女は女ではないのである。

「女はバカで困るよ」

と男がいったときは、黙ってニコニコしているのがよい。人間は常に一分のスキもないほど利口である必要はない。バカである時は大いにバカであるほうがいいのだ。そこで男と女のバランスがとれる。男のほうだって、たいして利口なのがそろっているわけではないのだ。弱き男が優越を示そうとして女をバカ呼ばわりする時は、そうさせてやればいい。それで男が女をやっつけたつもりでいるならば、やっつけられたフリをしているのがいいのだ。

それがマコトの女というものである。

いざという時に役に立てばいい

「お父さんのことはよく書いておられますが、お母さんのことはあまりお書きになりませんね」と、私はよくいわれる。そういわれてみると、確かに私は母のことをあまり語っていない。

私の父は我儘《わがまま》で短気な激情家だったが、陽性の人間だったので、その我儘や短気にどことなく愛嬌があり、従って語り易い人だったのだ。母はそんな父とは正反対、父の陽に対して陰の人だった。感情が顔に出ず、心のうちを口に出さない。苦痛も訴えない代り、喜びも表現しない。

父はよく母のことを、

「何をしてやっても嬉しそうな顔をしない。感謝ということを知らない女だ」

といい、母は母で、

「男というものは口先ばっかりチャラチャラとうまいことをいう女が好きなんや」

といっていた。

私たち子供も、母から優しい言葉をかけられたという記憶がない。母は滅多に外へ出ず、いつも茶の間の長火鉢の前に坐ってつまらなそうにじっとしていた。家事は何もしない。台所へ立ったことも、箒《ほうき》を手にしたこともなかった。まるで根が生えたように一日中、じっとしていて、何かというと「大局的見地に立ってものごとを見なければ」とか「理性のない人間はダメだ」などといつも論評していた。

私の姉は遊び好きで、三日家にいると頭が痛くなるというタイプだったが、その姉のことを、「精神生活のない人間は用もないのにやたらに外へ出たがる」という言葉で説教していた。当時の普通の母親なら、「娘が表へ出たがるなんてみっともない」

といって叱ったところである。

「精神生活」とはどういうことか、子供の私にはわからなかったが、そういうことをいう母は、よそのお母さんとは違う、何か特別上等の母親のように私には思われたのだった。

私は、父が母に向って「人生は理窟《りくつ》じゃない……」と叫ぶのを屢々《しばしば》耳にしている。少女期の私は怒号する父よりも、黙って端座している母の方が数等《すうとう》エライ人のように思ったものだったが、成長するに従って、そう叫んだ父の気持がよくわかる、と思うようになった。全く人生は理窟通りに行くものではないのだ。愛情や優しさを持ち合わせていればいるほど、人生の矛盾にぶつかる。自分が実人生に直面するようになって、私は母の冷静さをむしろ欠点だと思うようになっていった。

晩年の父と母はよく諍《いさか》いをしていた。母にいわせるとその諍いのすべての非は父にあるのだった。母から説明されるとその通りだと思わずにいられない。父はいつも我儘な感情家で理窟が通らないことをいったりするのである。父は母の理窟に負け、仕方なく大声で怒鳴るのだった。

人気作家であることを自負していた父は、ある年、連載中の雑誌の編集長から、渡した原稿を批判されて激怒した。自分の書くものはすべて喝采をもって受け入れられると思い込んでいた父にとって、それは青天の霹靂《へきれき》ともいうべき大鉄槌《だいてっつい》だったのだ。その時、母は送り返されてきたその原稿を読み、父に執筆活動をやめることを勧めた。父はもはや年老いて、筆力も想像力も衰えてきていることを母は見抜いたのである。

こういう時のために老後の生活費は用意している、心配しないで仕事をやめ、静かに暮しましょう、と母はいった。それで父は母のいう通り執筆をやめた。母のいうままに作家生活に終止符を打った父は、諍いをしながらもやはり母を信頼していたのだ。

「いざという時に役に立てばいい……」

母は口癖のようにいっていた。母は信頼される女だったが、同時に厳しい女だった。母のような妻になりたいとは思わない、また、なれそうもないが、しかし年を重ねるにつれ、こういう妻をほしいと私は思うようになっている。

「父親」この気楽でか弱いもの

こんな話を聞いた。

ある家庭で子供が悪戯《いたずら》をした。するとそれを見つけた父親が、その子に向っていった。

「そんなことをするとお母さんに叱られるよ」

いうまでもなく何年か前までの我が国では、母親が子供をたしなめる時に「そんなことするとお父さんにいいつけますよ」と父親をダシに使ったものである。かつて絶対の自信と権力を持って有無をいわせず妻子を服従させていた日本の父親は、今や一家の中心としての誇りに満ちた、しかし孤独な殿堂から下りて子供の仲間入りをしようとしているらしい。

数か月前のことだがある新聞の投稿欄に、教員四十八歳という父親の手記が出ていた。長男の受験が近づいたために一家の空気が長男中心に張りつめ、奥さんは「受験期の夕食・夜食献立」にひとかたならぬ気の使いよう、小学生の次男はいつもその存在を忘れられているという毎日の中で、筆者はこう書いている。

「ところで長男はといえばいばりくさってまるで勉強してやっているんだという調子。今日も妻がたんせいこめた夜食のドーナツがまずいと不平たらたら――そのやりとりに私ははからずも自分の子供の頃を思い出した。時代が違うとはいえ、受験勉強中だからといって夜食の心配などしてもらった記憶はない……（中略）毎晩手をかえ品をかえのおやつに文句をつけるわが子に、時代の変遷をしみじみと思うきょうこの頃である」

これを読んで私が驚いたのはこの息子にではなく、父親にである。私は女だが、それでもこんな息子がいたらゲンコの二つ三つは飛ばしている。それを教員だというこの父親は時代の変遷をしみじみ思ってすませているのだ。

人間にとって大切なものは何かということが今日ほど見失われ、またそれが当然とされている時代はかつてなかったのではないだろうか。父親はおとなの男としての孤独な殿堂から下りて女房と肩を並べ、いや、今はもう並べるのではなく女房に一歩を譲って、子供の仲間入りをしようとしている。ヨワムシや意気地なしのふりをして女房に強くなってもらい、そのかげでラクな毎日を送ろうとしているように私には見える。〝男としてかくあるべき姿〟への志向を失ったことをごまかすために、女上位時代とか民主主義などという言葉を利用しているように私には思える。

友人の妻が教育ママになっているのを見て何かと批判していた男が、さて、自分の妻が子供を有名校に入れるために狂奔《きょうほん》しはじめると、もう何もいわず横を向いている。学校なんかどこでもいいじゃないか、といいたいが、それをいうとどんな逆襲が来るか大体わかっているので黙っているのが無難だと判じて見ぬふりをしている。せいぜい何かいうとしてこんなところだ。

「お母さんだって一所懸命なんだよ。お前にもいいたいこともあるだろうが、まあ辛抱しろよ、なあ……」

これではまるで先輩が新入りを慰めている図だ。子供が父親を誇りとして尊敬するのは、父親が強い人間であり、抵抗や苦難と戦い、傷ついてもなお、信念や個性を失わぬ人生を作っていく時である。父親は無言のうちにその生き方を提示することによって子供を教育するものであり、母親は手とり足とりして日々、子供をしつけるものだ。

うちのおやじはガンコ者で貧乏で、ぼくらに苦労をさせたが、今になると偉いおやじだったと思う、と述懐している中年男性を見かけることがある。父親は必ずしももののわかりのいい父親でなくてもよいのだが、今の父親はものわかりよくすることで、自分の非力をごまかそうとしているふしがある。貯金や日曜行楽や芝生つきの家を幸福の第一条件とするのは女の考え方である。今の夫はその女の現象的な幸福論に引きずられ、働きバチのようにせっせと働き、夢を捨て、疲れ果て、子供の機嫌をとり、それでいて感謝もされず、妻からはますます過大な要求をされ、子供からは軽んじられているという気の毒さだ。そして父親亡き後、子供はこんなことをいう。

「ものわかりのいい優しいおやじだったが、何となく可哀そうな人だったね」

可哀そうな平和平穏！　現代の父親はそれでもなお、この〝ニセ平和〟に安息しようというのだろうか。

マコトの男

先日、さる若い男性と話をしていたら、突然、こんなことを訊《き》かれた。

「佐藤さんは女にサービスする男はダメな奴だといわれているけど、なぜですか？」

丁度酒の席であったが、一瞬、私はグッと詰り、思わず目をシロクロさせた。このところ、私は〝男性評論家〟などという珍奇な肩書を大まじめな編集者から頂戴するほど、世の男性に対してアレコレとイチャモンをつけるのを商売としてきた。

例えば車に乗るのにいちいち女を先に乗せる必要がどこにあるかとか、エレベーターに女が乗るとシャッポをぬぐろくでなしがいるのは情けない、とか、女の荷物を持って歩くやつは出世せんとか、日曜サービスにはげむ男はグウタラであるとか、腹が立ってるのに女房を殴らぬ男は甲斐性なしである、等々……である。

私は大正末期に生れ、明治初年生れの父に育てられ、軍国主義の擡頭《たいとう》の中で少女期を過し、戦争の中で青春時代を送った。私の父は日本がアメリカと戦争をはじめた時、こう叫んだ。

「日本は勝つにきまってる。女の機嫌ばかりとってきたやつらに何が出来る！」

実際は女の機嫌ばかりとっていたやつらが勝って、女に機嫌をとらせていた日本の男子は敗退したのだが、それでも私の中には、女にサービスする男はダメな男なりという観念が、父からの遺産として残っていたのである。ところで、なぜ女にサービスする男はいかんのか、と訊かれて、私が一瞬、詰ったのにはわけがある。

ある日、私は一人の中年男性とある場所へ行くべく道を歩いていた。それは仕事の取材で、私は重たいテープレコーダーを下げ、和服を着ていた。テープレコーダーがあまりに重いので本当はタクシーに乗りたかったのだが、その男性は歩きましょう、といった。なぜなら彼は肥りすぎなので健康法のため歩け歩け運動をやっているのである。仕方なく歩いているうちにポツリポツリと雨が降ってきた。やっとタクシーに乗る口実が出来たとホッとしたのも束の間、彼はいった。

「乗るほどの距離もない、すぐそこです」

ところがその「すぐそこ」になかなか到着しない。雨脚は激しくなってきて、私の肩は襦袢《じゅばん》まで濡れてしまった。テープレコーダーを右に持ちかえ左に持ちかえしながら、雨に打たれて私はだんだん腹が立ってきた。まったく、何というヤバン人、イナカモン！

やっと気がついて彼はいった。

「あ、荷物、持ちましょうか」

こちらは素直に持ってもらう気はもうなくなっている。元来、強情でムカッ腹を立てる方だから、

「いえ、結構です」

とわざと木でハナをくくったような返事をしたが、一向に感じた様子もなく、

「あ、そう」と一言いって歩きつづけるその足の速いこと。まるで話に聞く山窩《さんか》が山

を走る時とはこういうのではないかと思われるほどだ。あの男は棒グイが洋服着たような男なり、とその後、友人に悪口をいったら、友人がこういった。

「あら、でも、その人、あなたのふだんの主張を忠実に遵奉《じゅんぽう》したんじゃないの」

こういう目にたびたび遭うと、私といえども前言をひるがえした方がいいのではないか、という迷いが生じてくる。事実、女にサービスすることを知っている男は、何らかの点ですぐれた個性を発揮している人たちであり、心の余裕を持っている人たちである。そこで改めて前言を訂正したいと思う。

「男は女にサービスした方がよい。常に女をいたわることを念頭に置くべきである。しかも若い女にのみではなく、特に中年以後の女性にサービス心を持つ男こそ、マコトの男というべきであろう」と。

60代

孤独に耐えて立つ老人になりたい

6章

ボケるものは怖《おそ》れずボケる

ああ六十八歳

夕方、手伝いのTさんが帰った後に来客があった。化粧品のセールスをしている人でSさんという。もういい加減にやめたいのだが、会社がやめさせてくれないのだそうである。私と同い年の六十八歳だが、私より十歳は若く見える、なかなかの美人である。皺《しわ》ひとつシミひとつない肌の白さ、なめらかさは不老不死の薬でも見つけたかと思われるほどで、なるほどこの人なら化粧品の「歩く広告塔」として得難い人材であろうと思う。

Tさんがいないので私はお茶をいれ、何かお茶菓子は？　と台所を見廻すと居間との仕切りのカウンターの上に到来物の栗むし羊羹《ようかん》があったので、それを切って出した。二人で栗むし羊羹を食べながら四方山話《よもやまばなし》をする。年が同じなので気心が合う。わたくしは甘いものが好きで、と彼女は二切れの栗むし羊羹に満足気であった。

翌日、居間で郵便物の整理をしていると、Tさんの独り言が聞えた。

「あら、この羊羹、カビてるわ」

聞き流しかけて、はっと思った。

「え？　カビ？」

Tさんは私のそばへ来て、「ほうら」と見せた。

「白いポチポチが浮いてますでしょ」

昨夜、羊羹を切った時、このポチポチは何だ？　と思ったことを思い出した。食べる時にも、もう一度、そのポチポチを眺めて、もう一度何だろう？　と思った。だが、気に止めずに食べ、Sさんを見ると格別ヘンな顔もしていないので、安心して食べてしまった。それがカビだったのか！　しかし私の目にはカビのようには見えなかったのだ。

三年ほど前から少しずつ白内障が進行していて、そのためか注意が散漫になっていることに私は気づいている。たださえ見え難《にく》くなっているのだから、注意の上にも注意をするべきであるにもかかわらず、なぜか反対に注意がおろそかになっているのだ。注意して見ようとしても見えない。それを無理に見ようとするとその努力が負担になって疲れるから、疲れないために最初《はな》から見ないようにする癖がついたのかもしれない。本や新聞を読むのも苦痛である。食品、日用品、電気製品などに添附してある説明書や値段などは全く読まない。素通りだ。

数日前もTさんのいない時、冷蔵庫の奥にインスタントラーメンの袋を発見して、自分で作って食べた。丁度《ちょうど》、仕事で地方へ行くことになっていて、今、何かお腹《なか》に入れておかなければ、夜まで何も食べられないだろうと予想したからである。ところがそのインスタントラーメンのまずいことといったら我が六十八年の生涯でこれほどまずいものは食べたことがなかった、と思うような味だったから、後で私はTさんにいった。

「あの冷蔵庫のラーメン、まずいのなんのって、ものすごい味だったわ。おつゆの味がヘンなばかりかそばもどろどろで……」

「おつゆ？」

Tさんは頓狂な声を上げ、

「先生、あれはヤキソバです……それじゃあ、ヤキソバのソースをおつゆになさったんですか！」

「ヤキソバ……誰がそんなもの買ったのよ？」

「さあ？　……私は買いませんけど……」

とTさんは考えている。いつだったか、娘が来て滞在していった時に買ったものだろうということになった。それは三か月も前のことだ。

「お腹、大丈夫ですか？　何ともありません？」

そういえば、仕事先に行く途中、少し腹痛を覚えて下痢をした。だが私はひどい便秘症だから、下痢はむしろ歓迎するところなのだ。そういうとTさんは、

「まあ！」

といったきり、言葉がなかった。

ヤキソバをツユソバにして食べたのは、ボケ現象ということになるのかもしれないが、それというのも白内障であるための注意の放棄が、ボケ現象を呼んでいるのではあるまいか。私はそう思いたい。

それから十日と経《た》たぬうちに私はカビ羊羹を客に食べさせてしまった。

「気をつけて下さいませよ」

とTさんは真顔でいう。私も真顔で、

「ほんとうに、しっかりしなくては」

という。それにしてもあのSさん、ツルツル美人のSさんもカビに気がつかなかった。Sさんもやはり白内障なのか、強度の老眼か。

「栗が沢山入っていて、おいしいですわァ」

と喜んで食べていた。

「どちらの羊羹ですか?」

「青森の方からいただきましたの。青森からのお土産ですが、大阪屋というお店です」

「あらまあ、オホホ」

と二人で上機嫌だったのだ。

(ちなみに羊羹にカビが生えたのは、当方があまりに大事に取っておいたためで、大阪屋さんの責任ではありません)


東京に雪が降り積ったのはその三日後のことである。今夜は雪になるらしいと聞いていたが、翌朝、目覚むれば白皚々《はくがいがい》たる銀世界である。銀世界はいいが、土曜日なのでTさんが休んでいるから、雪掻きをしなければならない。茶の間に炬燵《こたつ》でもしつらえて、雪景色を眺めながらゆっくりお茶でも飲んでいたいところだが、古ズボンに古セーター、古ネッカチーフで頬かぶりしてレインシューズを履いて外へ出た。

雪掻きのシャベルを探してうろうろする。漸《ようや》く見つけたが、このレインシューズ、誰かに頼んで買ってきてもらったものだが、へんに気取っていてヒールが高い。その靴で中腰になって雪を掬《すく》っていると、間もなく腰が痛くなってきた。だが十時に仕事先からの迎えの車が来ることになっている。このままでは車は門前に来ることが出来ないだろう。腰の痛みがピークに達した頃、休日なのにTさんが駆けつけてきてくれた。Tさんこそ私の一人暮しを憐れんで、神が遣わして下さった天使である、と思う。

Tさんに後を托して仕事先へ行き、帰って来たのは日暮れ時である。犬どもに飯を与えようとして用意をしたが、チビの姿がない。チビ、チビ、と呼ぶ。雪の上を走って来たタローは、私が手にしている鍋を見つめて尻尾を振っている。

「タロー、チビはどこへ行ったの?」

タローは鍋を見つめて尻尾を振るばかり。

「チビッ、チィビィーッ!」

だんだん、声が甲《かん》高くなっていった。とにかく寒いのだ。夕暮れの刺すような寒気。腰も痛い。勝手にせえ、と食器を庇《ひさし》の下に置いて中に入った。どうせ甥のところの縁の下にでももぐり込んでいるのだろう。隣近所、総出で雪掻きに出ているというのに、顔出しもしないのらくらの床下に。ふン！　と腹を立てて、そのまま戸を閉めてしまった。

ゴーッというわけのわからぬ音に目を覚ましたのは、あけ方の四時頃である。一瞬の後、直下型地震がどーんと来て、それから揺れがはじまった。我が家は築三十二年の古家だ。まるで大海原へ出た小舟さながら、上下だか左右だかわからないムチャクチャの大揺れである。

愈々《いよいよ》、来るべきものが来た。

東京壊滅の時が来たのだ、と思った。

だとしたら起きたところでしようがない（それに腰が痛い）。東京が壊滅するのなら、どこにいても同じだから、寝ていよう。そう思って電気もつけずに寝ていた。

そのままいつしか眠ってしまい、目が覚めたら九時すぎだった。日曜日だから、この日もTさんは休む。腰は痛いし、起きてもしようがないからそのまま寝ていた。ど、ど、どーという雪崩のような響が時々聞える。屋根の雪が庭に落ちているのだろう、と思っていた。

午後遅く、さすがにのどが渇いて階下へ下りてみると、居間のガラス戸の外に雪の山が出来ていた。へちま棚が屋根からなだれ落ちてきた雪を被《かぶ》ったために壊滅状態になっている。雪の山はへちま棚の上に積った雪と、屋根からの雪の両方が作ったものなのだ。

呆然として眺めているうちに、犬どものことを思い出した。ガラス戸を開けてタロー！　チビ！　と呼んだ。タローはすぐにどこからか走って来たが、チビは姿を見せない。小屋を覗いたがそこにもいない。食器が二つともきれいになっているところを見ると、昨夜あれからチビは現れて飯を食ったものとみえる。

私は袋菓子を持ってきて、袋を破く音を立ててみた。武士は轡《くつわ》の音に目を覚まし、チビは菓子袋の音に飛んで来る。

「タロー、さあ、クッキーをあげようね」

と大声でいう。

「さあ、さあ、おあがり。もっとかい、よしよし」

いつもならこれでどこにいても飛んで来るのだ。しかし、チビは現れない。

少し心配になってきた。

それからはっと思った。

もしやチビは屋根からの雪崩に頭から呑《の》み込まれ、この雪の山の底に埋もれてしまったのじゃないか？

チビはいつもこの居間の前にいる。丁度、雪が山になっている所だ。

色気に食い気ばかり残ってヨボヨボになったチビである。気配を感じてとっさに逃げるだけの動物の勘を失って埋もれたのか。

これだけ大量の雪に埋もれては、もう死んでいるにちがいない。鳴きもせず、もがきもせずに死んでいったのか。

生きているにせよ、死んだにせよ、とにかく早く掘り出してやらねばならない。私は身支度をし、例のハイヒールのレインシューズを履いてシャベルを握った。雪の山にシャベルを突き立てる。

何という固さ！

昨日の朝の雪掻きの時とは全く違う。雪はカチカチに凍って固まっているのだ。

凍死したチビの姿を想像した。あのショボショボした長い毛は、凍《い》てて針金のように突っぱっているのだろうか。それとも使い古しのヨレヨレモップのようになって、ダラリと出てくるのだろうか。目は閉じているのか、ギョロリと怨《うら》めしげに剝《む》いているのか。

いつか娘がいったことが頭に浮かんだ。

「ママ、そんなにチビを虐《いじ》めてると、チビが死んでから後悔に胸をかきむしられるわよ。こんなことなら、もっと可愛がってやればよかったって思うわよ。いいの？

……」

シャベルは重い。

雪は固い。

腰は痛い。

日は暮れていく。

ハイヒールはすべる。

しかしやめるわけにはいかない。必死で雪の山にシャベルを突き立て、突き立て、イテ、テ、テ、テ、と腰の痛みに唸《うな》る。

ふと気配を感じてふり返った。

なんと、私の後ろにチビめが立っていて（どこにいたのかサラサラと乾いた毛で立っていて）、「なにしてるんですかァ？」といいたげに、黒い目をパッチリと見開いて私を眺めているではないか。

「このォ………」

思わずシャベルをふり上げ、しかしその後を追いかける力はもうないのだった。

ボケ仲間

現在我がボケの、最たる現象は固有名詞が思い出せないことである。もう少し正確にいうと思い出せないことを思い出そうとする努力をしなくなったということだ。二、三年前まではその努力をしていたのだが、この頃はそれが面倒くさくなっている。面倒くささに身を委《ゆだ》ねてしまうということはエネルギーの涸渇《こかつ》と関係があるのかもしれないが、いずれにせよそれがボケるということなのだろう。そう思いながら手放しでボケを進行させている。その方がラクなのである。

昔のことはよく憶《おぼ》えているのに、最近のこととなると何も憶えていない。昨日会った人の名前をもう忘れているのは、「忘れている」のではなく、最初《はな》から憶えようとしていないためであるらしい。

「昨日、ご馳走になった中華料理、おいしかったわ」

「なんというお店ですか？　T飯店？　K亭？」

などと訊《き》かれて、店の名前を聞いていなかったことに気づく。忘れた（あるいは憶えようとしなかった）のではなくて、ご馳走してくれた人が何やらいっていたようだが、早口なのでよく聞えず、聞き返すのも面倒でそのまま看板も見ずに入った。

とにかくうまかった――。

それでよいのである。

文壇関係の人が集るとかつて尊敬していた先輩作家がボケた時の話が出ることがある。大作家がボケたという話は普通の人がボケた話よりも興味深いから、話す人、聞く人の顔にある種の活気が漲《みなぎ》る。

「あの先生がねえ……気の毒にねえ……」

といいながら、何だか嬉しそうだ。少なくとも私にはそう見える。私もそのうち、「あの佐藤愛子もこの頃は……」

とひときわ嬉しそうにいわれるのだろうと思うと、一緒になって笑ってはいられない。

「私もそろそろボケはじめてるから、愈々の時はフォローして下さいね」

これは本音なのに相手は、

「何をおっしゃいます。佐藤さんに限ってボケるなんてことはまず、百歳までありますまい……」

などとヌケヌケという。ホントはその時を期待しているのに。

「いや、冗談じゃなく、もう人の名前、物や場所の名、まったくいえなくなってるんだから。六十八歳にしてすでに徴候が出てるのよ」

真顔でいってるのに、

「いやァ、そんなことありますまい」

ありますまいって、ホントにホントなんだから。この間も保険の満期が来たという葉書を見て保険会社へ電話をし、

「えー、ニコニコ貯金のことですが……」

「えっ？　何でございますか？」

「ニコニコ貯金の満期が来たんですよ」

相手は暫《しばら》くの沈黙の後、

「失礼でございますが、こちらはマルマル貯金というのはございますが、ニコニコというのは……」

「あッ、ごめん。マルマルでした」

というような騒ぎを起したばかり。しかし相手は一向に真剣に受け止めようとしないので、それにいつだったかも、こんなことが……と更に話を継ぎ重ねる。

「羽田飛行場の待合室で……」

そこまでいって詰った。そこでひょっこり出会った人の話をしようとしたのだが、その名前が思い出せない。

「あのね、女性の評論家っていうのかしら、タレントっていうのかな。もとアナウンサーだった人で、さっぱりした、元気のいい、ベテランの人ですよ、知らない？」

知らない？　といきなり訊かれても相手としては答えようがないだろう。

「ほら、たっぷり握ったおにぎりといったふうにほっぺたがふくらんでる美人ですよ。男まさりのベテランの押し出しがあって……、ねえ、思い出してよ」

「たっぷりのおにぎり風ねえ？　えーと、誰かなあ……」

と相手の人はひたすら困惑している。

「ま、いいわ、とにかく、その女史を見かけてね、前から挨拶する程度の仲だったんだけど、私、その人のことわりあい好きだもんだから、声をかけたくなったのよ。それで近づいて行って、『下重《しもじゅう》さん、こんにちは』っていっちゃったの。下重さん、っていった途端に、しまった！　と思ったのよ。その人、下重さんでないことはわかってるのよ、なのになぜかスラスラと出ちゃったのね。とっさに、『あ、ごめん。下重さんじゃなかった………ええとォ……』っていったの。そういったらその人が『わたしはナニナニよ』と名乗るだろうと思ったのよ。なのにその女史はこういったのよ。

『いいの、いいの、わたし、下重さんによく似てるらしくて、よく間違えられるのよ』って……。私の恐縮を慰めようとしてくれてることはわかるんだけど、そういわれると、『ところで、あなたのお名前は？』とはいえないじゃない。そのまま、四方山《よも やま》話《ばなし》になって、向うも私も福岡へ行くところだったから、飛行機に乗るまでずーっと一緒で、機内では座席が離れていたから、その間考えたんだけど、どうしても思い出せない。福岡に着いてその人とは『さよなら、またいつかね』なんていって別れたんだけど、出口のところに仕事先の出迎えの人が来ていて、その人がこういったのよ。『ナントカ先生とはお親しいんで？』って」

「その時にはじめて名前がわかったんですか？」

「そうなの。あっ、そうだった、と思ってやっと胸の閊《つか》えが下りたんだけど、そしてね、その時はアタマにその名前を叩き込んだつもりだったんだけど、車に乗って暫く走ったらもう、思い出せないのよ……」

「はァ？　ホントですか」

「でもまさか出迎えの人に、さっき私と一緒に飛行機で来た人、なんて名前でしたっけとも訊けないでしょ」

「ははァ、それ以来、ずーっと、思い出せないんですか？」

「二度ばかり突然思い出したことがあるの。一度はベッドで眠りかけた時、もう一度はお風呂に入ってる時……でも、気がついたら忘れてるの」

「ふーん、誰でしょうなあ？　有名な方ですね？」

「そうよ、その人が歩けばみんなふり返ってたわ」

「ふーむ……」

思い出せなければそれでいい。この話を持ち出したのは、その女史の名前を思い出してもらうことではなく、「このようにボケてきているのだ」という証拠を相手の鼻先に突きつけて、以後真剣な気持で対してもらいたいためなのだから。

にも拘《かかわ》らず、相手は執拗に、

「いや、それくらいのことは、ぼくらでもありますよ、どうしても思い出せないってことが。ボケとは違うんじゃありませんか」

いや、これはボケの始まりなんだ。しつこいなあんたも。ボケているといったらボケてるんだッ、なぜ認めようとしないッ！　私のことを真剣に心配しないからそんなことをいうんだッと咽喉《のど》を締め上げたくなるのである。

しかし、そうかといって、もし相手の人が、

「そうですか……愈々ですか……」

と心配そうに声を落し、

「そういえば、この頃、もしかしたら……そうかなァ……と思わぬでもなかったんですが……」

などといい出したりすれば、

「なにを！　うるさい！　黙れ、黙れ！」

という気持になるかもしれないのである。

あれやこれや考えたところで、ボケるものはボケるのだ。死ぬものは死ぬ。仕方がない。すべて神のみ心のままだ。他人の無理解、噂、誹謗《ひぼう》、屁《へ》とも思わず生きてきた吾輩《わがはい》である、ボケてもの笑いになったからといって、今更のことじゃない。さんざん、迷惑をかけて六十八年生きてきた吾輩だ。今更「迷惑をかけたくない」などと気取っても始まらない。

そう度胸を据えて、ボケるものは怖《おそ》れずボケることにした。手に余るようならさっぱりと殺してくれればいい。

——と強がりつつ、その胸を蕭々《しょうしょう》と風が吹いている。

ある日曜日、Nさんが遊びに来た。Nさんは私よりも四つばかり年下で、若々しく元気イッパイという人である。六十を過ぎてもまだ会社勤めをしているが、常に人のために役立ちたいという気持の持主で、土、日は休みなので私のところへ来ておしゃべりをしながらマッサージをしてくれるのである。

マッサージを受けながらの話題は、いつか血圧やコレステロール、病気の話、病人の噂になり、やがてボケへと進んでいくのがこの頃のパターンである。

「私ね、この間、ナメコという言葉を忘れてしまってねえ。ナメコとお豆腐のおみおつけを作ってもらいたいんだけど、それがどうしてもいえないのよ。ほら、あのキノコの小さいの、というと、シメジですか、いや、そうじゃなくて、アタマが丸くて、というとエノキ茸ですか……」

私がいうとNさんはカラカラと笑って、

「でも、いいですよ。おうちでそういっていられるんだからお幸せよ。私なんか、勤め先で、ボケてないように見せかけるためにごまかしごまかしするの、たいへんなんですよ。ええとお……この会社からの入金は……と何気なく独り言をいってみせると、隣の男の子が、Nさん、この間、催促の電話をかけてたじゃないですか、ほら、来週、振り込まれることになったって……ああ、それはわかってるのよ、わかってるんだけど……うーん、ちょっとハテナと思うことがあって……いいの、いいの、こっちのことだから……なんてね。電話かけたこと忘れてるんです。それをごまかすのが、ほんと、たーいへんなんですのよォ……」

私は大声で笑わずにはいられない。

仲間——なんて嬉しい存在だろう。心おきなく何でもしゃべれる。わかり合える。ツーといえばカーだ。

私は例の飛行場の女史の話をした。Nさんは真剣な顔でふーむ、ふーむと唸り、「おむすび風の美人……あっ、わかりました、あの人ね、テキパキして、しっかりした人、男まさりというタイプの……ああ、あの人、何ていったかしら……ええとォ……」と考え込む。

「待って下さいよ、そこまで来てるんだけど……苗字は何か樹木に関係なかったかしら……柏とか榎とか……」

「いや、そうじゃなかったと思うの。片仮名にして三字だったような気がするんだけど……」

「三字ねえ、片仮名の三字……うーん」

と便秘に悩む人さながらに、唸る。

「いいのよ、Nさん、そんな一所懸命にならなくても」

この人はとにかくすべてに一心不乱の人なのである。

「いいえ、でも気持悪いですからねえ、鳩尾《みぞおち》のところに何か閊《つか》えたようで……このまま
まだとわたし、今夜眠れませんわ……うーん」

唸りながらマッサージはつづく。

突然、Nさんは叫んだ。

「元子！　名前は元子じゃありません？　元日の元……」

「いや、違うと思うけど……でも、どこかに元はついてたような気がする……」

「木元《きもと》！」

Nさんは百舌《もず》のように叫んだ。

「木元教子《のりこ》！」

「あっ、そうだ、木元教子！……」

Nさんはホーッと溜息をついた。

「あーあ、よかったこと……思い出せてよかった……ああこれでぐっすり眠れるわ……」

「おかげさんで、どうもありがとう」

そうして私たちは顔を見合わせ晴々と笑ったのであった。

私につけるクスリはない

私は今年（平成四年）の十一月で満六十九歳になる。来年は古稀《こき》だといわれても、当今では長命の中には入らず、とりたててめでたいことではなくなっている。あ、そうか、もう古稀？　という感じである。

私は歩くのが速く、声が大きい。だから人の目にはたいそう元気に見えるらしい。だが自分では元気なのか、そうでないのかよくわからない。私は人中に出ると疲れる方なので、パーティー、会合のたぐいは殆《ほとん》ど欠席する。デパートなどへ買物に出かけることも苦痛で、芝居、映画もこの頃は見に行かなくなった。毎日、判で押したように仕事に明け暮れている。原稿を書き本を読み来客に接するだけで一日が終ってしまう。そういう単調な生活が私の体調に合っているのだと思う。まあまあ元気なのはそのためであろう。

私は自分の血圧が幾つなのか知らない。血圧、コレステロールは何年か前、ふと立ち寄った医院で、ついでに測りましょうといわれて測ってもらったが（その医院に立ち寄ったのは、それを測るのが目的ではなかったから）、すぐに忘れてしまった。コレステロールの方は確か三〇〇以上だったように思うが、記憶違いかもしれない。その時に数値を記した紙キレを貰ったが、それもどこかへやってしまった。

「あなたのは運動不足のためであって、美食のためではありませんな」

とその時いわれたが、その通りだろうと思った。しかし運動不足解消のために何もしなかった。あえてそれをやるとヘトヘトになるような気がしたのだ。何よりも面倒くさかった。

なぜあなたは自分の健康に対して無頓着なのかとよく訊かれる。私は答に詰る。私にいわせると、なぜあなたはそんなに血圧やコレステロールを気にするのですか、と訊きたい。そんなものをいちいち気にしているほど、私のアタマの中は暇じゃないのだ、といいたくなる。第一、それを気にしていたら生活が萎縮してしまう。

実際に病気になってしまったのならともかく、まだ何病ともいわれないうちから、カロリー計算をして食べたいものを制限したり、万歩計を腰につけて歩き廻ったり、朝に夕に血圧計を友とする暮し、天然ビタミンとやらを飲み、柿の葉茶を飲用し、若返り体操をやり、サカダチがよいといわれればサカダチをし、酢大豆、酢卵、アロエ、ドクダミ、パンツ脱ぎ療法から、ついには自分のおしっこを飲む尿療法まで、それらを次々に試みる力があるとは、決して病弱なんかではないよといいたくなるような人が世間にはいる。

私の友人にそれに近い人がいて、その人との旅行は血圧計持参の旅だった。『主婦の友』にはこう書いてあった、『壮快』ではこうだと、いろいろ詳しい。私の眼力によると彼女の血圧が上下するのは心理的なものに原因があるのだ。だから血圧計を友としていては、下っている血圧も高くなってしまうだろう。あなたの血圧を安定させるためにまずすることは、血圧計を投げ捨てることだといったら、彼女は怒り、急いで血圧を測ったら上っていた。

しかし上ったからといって、別にどうということはないのである。私が冗談をいって笑わせていたらすぐに下った。彼女が血圧計を常に手放さないのは、もしかしたら「趣味」になってしまったからなのだ。私はそう思う。この頃はそういう趣味の人が増えていて、だから健康雑誌が売れるのだろう。

今から二十年ばかり前、私は胆嚢炎《たんのう》で苦しんだことがある。その頃、私は今の何倍もの仕事の量をこなさなければならず、身体《からだ》を休めるのは寝床に入った時だけ、という過酷な生活をしていた。ある日、取材旅行から帰ってカキフライを食べた後、胃の激痛に襲われた。医師の往診を乞《こ》い、その時は胃痙攣《けいれん》ということだったが、後で思うとそれが胆嚢炎の始まりだったのだ。

その痛みは翌年あたりから頻繁に出てくるようになった。夕食に食べたものの影響か、必ず深夜に激痛がきた。当時私は中学生の娘と二人暮しだったから、激痛に襲われてもエビのように身体を丸めて辛抱するよりしようがなかった。娘は隣室に眠っている。それを起すのは可哀そうだという思いよりも、呼びに起きることも大声を上げることも出来ないような激痛だった。

枕許《もと》には電話がある。手を伸ばして救急車を頼むことは不可能ではない。だが、救急車が来ても門を開ける者がいない。そのためにはやはり娘を起さねばならない。あれやこれやの不都合を思うと、このまま痛みを我慢している方がマシという気になった。そこでエビ形になって耐えた。

と、そのうちスーッと頭から血が引いて、わけがわからなくなった。どれくらい時間が経ったか、気がつくと痛みは遠退《の》いていて、全身、冷汗にまみれている。それは多分痛みのための気絶だったのだろう。

痛みというものは、気絶するとその間に治るものらしい。私はそう思い、その後も痛みがくると気絶の時がくるのを期待しつつ堪《こら》えていた。病院へ行く時間も惜しいという日常だったのだ。

ある日、遠藤周作さんにその話をすると、遠藤さんは、

「君はヤバン人か！」

といい、そんなことをしていて癌になったらどうするんだ、と胆嚢専門病院を紹介してくれた。気は進まなかったが、遠藤さんの親切への感謝から出かけて行った。

診察の結果、胆嚢の中には相当の石があり、それを取らねばならぬということになった。しかし手術ではなく、石を薬で溶かして小水に流し出すという方法である（二十年も前のことで、今はそんな治療法はないそうだが）。それにはまず口から食道、胃、十二指腸から、胆嚢へとゴム管を通していく。そしてその管を通して石を溶かす薬を少しずつ胆嚢へと流し込むのである。

ところがそのゴム管がなかなかうまく入らない。ゴム管は医師に入れてもらうのではなく、自分で少しずつ嚥下《えんげ》しながら胆嚢まで届かせるのである。何しろ専門病院であるから、同様の人がズラーッと二段ベッドの上下に横になっている。それがそれぞれ口からゴム管を垂らしている。

管を入れつつある人、入れ終って薬の点滴を受けている人。見ただけで気分の悪くなる光景だ。しかも私もその中の一人なのである。ところが、まわりの人たちはみなスイスイと管を入れているのに、私一人だけ、いつまで経っても入っていかぬ管と苦闘している。私の胃袋はこう見えても神経質に出来ているのだ。こういう不自然なことは許せない。拒んで収縮する。やっと少し入ったと思うと忽《たちま》ちグーッと押し出されてくる。苦闘数刻。まわりの人たちは次々に治療を終えて帰っていく。二、三十はある二段ベッドに残っているのは私一人になる。

婦長は私を目の仇《かたき》にするようになった。私一人のために治療室がいつまでも片附かず、昼食にも行けないからである。

「マジメにやって下さいよ！」

と目を三角にするが、マジメにやっているからこそ入らないのだ。これがふざけ半分、ハナ唄でも歌う気でやればスイスイと入るのかもしれない。

だが私はそのような鈍感人間ではないのである。しまいに婦長が向うからやって来る姿を見ただけで気分が悪くなって胃が収縮するようになった。

それでも十日、私は辛抱して通った。だが十一日目に私の堪忍袋の緒は切れた。

――私は人間だ！　詰った水道管ではない！

そう胸に叫んで通院をやめた。十日間で四キロ痩せていた。


現代医学は人間を「物」として考える。そう考えることによって進歩した――。

私がそう考えるようになったのはその時からである。「物」であるから簡単に切ったり取ったり、管を通したりするのだ。

それを「医学の進歩」という。いうまでもなく、それによってさまざまな難病が癒され、人の寿命が延びているという恩恵を我々は蒙《こうむ》っている。

しかし人間は「物」ではない以上、千差万別の心を持っている。たいていの人は病気から治りたい一心で「物」にされることを受け容《い》れる。だが中にはいくら叱られても苦しくても「物」になりきることが出来ない人間もいるのだ。

――人は一人一人、みな違う。

この極めて単純な、当り前のことが今の医学では無視されている。好むと好まざるとにかかわらず、病院の診察台に横たわった以上は有無をいわさず「十把ひとからげ」の運命を辿らされるのだ。そこにあるものは「人間」ではなく「データ」である。

その時から私は医薬を拒否するようになった。私のような厄介な感受性の持主は、到底現代医学に頼る資格がないのである。

それ以前から私は整体操法のU先生から月に二、三回、身体の調整を受けていた。整体操法の原理を簡単にいうと「背骨の歪《ゆが》みを治すことによって健康を保つ」ということである。私があの過酷な働き蜂の日々を乗り切ることが出来たのは、実にU先生のお力に依《よ》るのである。

ある日、私は旅先で又しても猛烈な胆嚢の痛みに襲われた。ホテルのことで、しかも深夜である。翌日は講演が予定されているので、くるかこぬかわからぬ「気絶」を待っているわけにもいかない。そこでU先生に電話をかけた。状態を聞いた先生はすぐにこういわれた。

「バスタブにお湯を入れて、足のアキレス腱を温めなさい。すると痛みがらくになりますから、マッサージさんが頼めれば胃の真後ろを押してもらいなさい。それで痛みは消えるでしょう。明日の朝は多分、柿のような色をしたお小水が出るでしょうから、それが出たらもう大丈夫です」

すべてはその通りに運んだ。翌日はケロリとして講演した。お医者さんも鎮痛の注射も薬も不要だった。

この話を後にお医者さんたちの集りでしたところ、忽ち笑い声が起り、どのお医者さんも首をかしげて、そんなことがあるんですかなあ、アキレス腱ねえ……と揶揄《やゆ》するようにいわれた。

だが少なくともこの私の胆嚢炎は、その方法で痛みをいなしつつ、U先生の整体操法で治ってしまったのである。勿論《もちろん》、胆嚢の中の石は消えたわけではないだろう。しかしそれから二十年、石も胆嚢もビクともしない。石があるとしても、静かにしていればそれでよい。私は石と折合って暮していく。

その頃から私は自分の食事の好みに変化が起きてきていることに気がついた。それまで肉食を好んでいた私が、肉など見るのもいやになり、トマトと大根おろしばかり、まるで中毒のように食べたくなったのである。すし屋へ行っても大根おろしを注文し、会合などでやむを得ず行くレストランでもトマトばかり食べていた。

私は子供の頃からトマト嫌いで、また大根おろしも好きな方ではなかった。それがまるで私の主食のようになったのだ。私の胆嚢が鎮まったのは、おそらくそのためだったにちがいない。後になって私はそのことに気がついた。

動物にはすべて自然治癒力というものが備わっている。野生の動物はその本能によって病を癒し、傷を治しているのだ。

当然、人間もその力を持っている筈《はず》である。私が大根おろしとトマトばかり食べたくなったのは、私の中の自然治癒力が、病んだ胆嚢を癒すために私をしてトマトと大根おろしを欲求せしめたのではないか。

胆嚢炎には動物性蛋白質はよくない、と専門家にいわれて肉を食べなくなったのではなく、私は肉がキライになった。トマトと大根おろしが胆嚢にいいから食べなさいといわれたのではないが、私はそれを食べたくてたまらなくなった——。

それに気がつき、私はこれこそ真当《まっとう》な、正しい健康法である、と確信した。大切なことは自分のうちなる「自然治癒力」をいかに磨滅させずに生きるかということだ。そのためには「薬」でもって身体を濁らせてはならない。身体は常に自然にそして敏感に保っていなければならない。私はそう実感するようになったのだ。

私は自分がトマトと大根おろしで胆嚢炎を鎮《しず》めたからといって、ひとにそれを勧めはしない。なぜならトマトと大根おろしは、「私の身体が要求した」ものだからである。Aに効いたものがBに効くとは限らない。

くり返しになるが、人は一人一人みな違う。その人その人の体質や気質、病状、その原因によって身体によいものは違ってくる筈である。あれを食べよ、これは食うなと専門家は知識によって指導するが、それが効果を上げる場合もあればそうでない時もある。確実なことは「その時のその人にとって必要な食物」であり必要な運動である。だから私は一般的な健康法や健康食品に関心がない。

風邪をひいて熱が出ても、私は薬で熱を下げない。なぜならば熱を出し切ることが、その時の私の身体には必要（だから熱が出ている）だと考えるからである。

四日市市在住の小田慶一さんというお医者さんの著書『はぐれ医者の万病講座』の中に、「風邪は万病の名医（風邪はいろんな病気を治してくれるのだから、喜んで風邪をひきなさい）」という箇所があって、私は我が意を得たりという気持になった。

またその中には岐阜羽島の山田行彦医師（既に亡くなられた）の言葉として、

「早期発見は命取り（ガンを早く見つけると手術やクスリで殺される）。

精密検査はネズミ取りだ（医者はもっともらしい顔をして脅し、警察のネズミ取りのように網をかけ、健康人を患者にしてしまう）」

というような、思い切った紹介があり、表現に誇張はあるが、本質は突いていると私は意を強くした。

私はまた下痢をしても薬で止めない。出るに委《まか》せて絶食する。そうして恢復《かいふく》した後の気分の爽快なことといったら、まるで身体が新調されたようである。まさに「活性化」とはこういう気分のことをいうのであろう。

十年ばかり前のある日のこと、私は朝から頭痛に苦しんでいた。その頃の私は肩凝りと頭痛のために三日にあげずマッサージ師の厄介になっていたのだが、この肩凝り頭痛は過労からきているものだから、仕事量を調整しない限り、いくらマッサージしても治りませんよ、とマッサージ師から敬遠される有《あり》さまだった。

その日も激しい頭痛に仕事も出来ず、マッサージ師は早朝から来てくれず、どうしたものかと仏壇の前に坐って瞑目《めいもく》していた。

すると突然、私の身体は左右に揺れ始めた。いったいこれは何なのだと思いつつ、そのまま動きに身を委ねていたのは、何かしらその動きによって頭痛が軽くなっていくような気がしたからである。身体は左右に揺れるばかりでなく、両肩が交互に動き、そのうち腰の動きも始まった。身体が仰向けに倒れ、腰が左右に捻《ねじ》れる運動がくり返される。汗が噴き出る。その動きは一時間あまりもつづき、やがてひとりでに静止した。頭痛はすっかり消えていた。

後日、それが整体協会で指導されているという「活元運動《かつげん》」であることがわかった。整体協会では指導日が決められているということだが、私は誘導を受けずにいきなりそれが出てきたのだった。

なぜ唐突にそれが出てきたのか、私にはわからない。もしかしたらU先生に長年、整体操法を受けている間に、私の自然治癒力が活性化されてきたのかもしれない。

それ以来、私は毎夜、気を集め、その運動を出すことによって肩凝りを鎮めるようになった（「鎮める」と書いたのは、「治った」わけではないからである。今の生活をつづけている限り、肩凝りが「完治する」ことはない）。肩凝りだけでなく、腰の疲れ、頭の使いすぎ、一日の疲れをこの活元運動で消化して床に就く。それでも（過酷な日々を生きなければならない私は）追いつかなくて体調が崩れてくると、U先生によって調整してもらう。

以上が私の健康法である。

その基本は「我慢」だ。一粒の鎮痛剤を飲めば五分で頭痛は鎮まるという便利な世の中になっているのに、なぜそんな無駄をするのか、と訊く人がいる。そんな健康法はあなただから出来るんであって、勤め人には不可能だ、といわれる。

その通りである。私は自由業で、幼い子供も手のかかる夫もいない。だから下痢をしても悠々と下痢をしていられる。熱が自然に下るまでじっと寝ていられる。勤め人がそんな療法をやれば、あいつは年中、休んだり遅刻したりする奴だ、と責められるだろう。だから私はいかに仕事に追われる身であろうとも、自分を思うままに操作出来る自由業についたことを心から喜んでいる。

私はコーヒーを飲まない。タバコも吸わない。酒もご馳走もいらない。上等のお茶と菓子も不用である。食事は自分で作ったものが一番うまい(他人はどう思おうとも)。だが健康のためを思ってそうしているわけではないのである。酒もコーヒーも飲みたくないから飲まないだけのことだ。人とのつき合い上、必要な時には飲む。

いったい何が楽しくてそうしているのだとからかう人がいるが、それは私にとっての自然なのであるから、楽しいも楽しくないもない。楽しいと思えば楽しい、つまらないと思えばつまらない。人にはつまらないと思えることでも、私には楽しいことがある。私にはつまらないことでも、人には大事なことがある。

健康法をやりながら、ポックリ寺へお詣《まい》りする。酒に酔わぬ薬を飲みながら、酒場通いをする。いったい何を考えてるんだと私はいいたい。小心翼々《しょうしんよくよく》として生きても、死ぬ時は死ぬのだ。

そんなことをいっていられるのは、あなたが丈夫に生れついているからよ、と私は友人からいわれた。

「大きな病気をしたことがないから、そうしていられるのであって、愈々《いよいよ》となればやっぱりお医者さんやお薬に頼るでしょう」と。

そうかもしれない。いや、多分そうだろう。二十年前の胆嚢炎以来、私は何病と名のつく病気にかかっていない。お医者さんを訪ねたのは腱鞘炎《けんしょう》の時だけである。あと眼科と歯科だけはお医者さんに頼る。

数年前から私は花粉症に悩んできたが（それでも薬は飲まずに耐えてきたが）、このところ、名古屋の漢方医が送って下さる漢方薬でしのぐようになった。漢方薬といえどもやはり薬である。最初はそれを飲むことに抵抗があった。だが涙で眼鏡が曇って仕事に差支える。飲めば鎮まるので、飲むようになったのである。

だがそのうち、私も次第に老いて、我慢をする力が少しずつ衰えていくだろう。医薬を拒んで苦痛に耐えられるのはエネルギーがあるためだとしたら、老い衰えるに従って、気力は弱まるだろう。そのうち大病は必ずくるだろう。それが人間の自然であるから、逃げるわけにはいかない。

その時は私は潔く白旗を掲げて、俎上《そじょう》の鯉となろう。しかし、そこはゴールではない。急死でもしない限り、そこから死ぬための苦しみが始まる。医薬の力も及ばない苦しみがくるのである。

ここまで書いてきて私は気がついた。私が我慢を薬代りにしてきたのは、もしかしたら「この時」のための用意ではなかったか。寝鎮まっている深夜の病院。ただ一人目覚めている死の床の私。襲ってくる苦痛。死の恐怖。

その時に私が長年かかって涵養《かんよう》してきた我慢の力が私を助けてくれはしまいか。これが最後の我慢だ。がんばろう。がんばろう。若い時から私は我慢をしてきた。あの時のように我慢しよう。我慢して死のう——。

私は死の床でそう思えるようになりたい。どんな形でそれが訪れてこようとも、しっかりと受け止めるのは我慢の力しかないのである。

神よ、願わくば強いヤバン人として我を「私の自然」に従わしめんことを。

7章 老女の底力

70代 それでも仕事をするのは一番楽しい

楽しさを味わうためにも苦労は必要だ

佐藤さんの楽しいことというのはどんなことですか、とよく訊《き》かれる。改めてそう質問されると困ってしまう。答に詰っているのを見て、相手の人は、

「ひと仕事終えた時など、何かしら楽しいことをしたいと思うでしょう？　お酒飲みに行くとか、おいしいものを食べに出かけるとか、温泉でのんびりしたいとか、ショッピングしたいとか、わたしならいろいろありますけど」

と助け舟を出すが、それは助け舟にはならず、ますます私は困る。ひと仕事終ったからといって、さあ、何かして楽しもうと思ったことは私にはない。むしろ充分に眠れて気持よく目覚め、さて今日の仕事は？　と考えて、その日書くべき原稿の書き出しやらモチーフやらに考えが到達し、

「よし、これで行こう！」

そう思って起きる時——その時の方がよほど私には楽しいのである。

おいしいものを食べに行く？

おいしいものってどんなものだ？　と反問したくなる。

温泉でのんびり？

「温泉」といえば必ずその後に「のんびり」がつくのが不思議である。温泉へ行けば「三食風呂つき、掃除つき、昼寝つき」の一日を過すことが出来る。だから「のんびり」出来るということなのだろうが、私のような貧乏性は温泉へ行くと退屈でしようがない。温泉へ行ってお湯に入りすぎて湯疲れをした、という人がよくいるが、私は多分「退屈疲れ」で水に浸したパンみたいになるだろう。

ショッピング？　これこそ私の最も苦手とするものだ。殊《こと》に（私の娘の大好きな）ウインドウショッピングになると死んだ方がマシ、という気になる。私だって美しいものに不感症というわけではない。だが美々しくウインドウに飾ってあるものに見惚れながら、その値段を想像すると、「見るのは無駄」という気になる。いや、見ない方が精神衛生上よろしいのだ。美しいものを見れば自分のものにしたくなるのは自然の人情である。だがその自然の情の前に立ちはだかるものがある。値札だ。ウインドウの中の物はなぜかすべて、値札が伏せてある。その「伏せてある」という行為に私は怖《おそ》ろしさと憤りを覚える。

人はみな呆れ果てて、私を「可哀そうな人」だという。

「どうして何もかも忘れて、頭を空っぽにして楽しもうとしないの」

いくらそういわれても、なぜ何もかも忘れなくてはいけないのか、頭を空っぽにしなくてはならないのか私にはわからない。最小限度必要な物だけ置いた広い部屋で、モーツァルトなど聴きつつソファーに行儀悪く（これが大事）寝そべって痴呆のようになっている――それが私の楽しい時といえばいえなくもない。だがそんな時、ボーッとしていながら突然、ガバッと起き上って机に走ることがある。ボーッとしている頭の中にふっと、風のように影のようによぎるもの、水滴のようにポタンと落ちるものがある。小説の構想だったりディテールの思いつきだったり、書き出しの言葉だったりする。ガバと起きて走るのは、忘れないうちにメモをしておかなければ、必要な時に思い出せなくて七転八倒の産みの苦しみをしなければならなくなるからだ。

するとと人はまた「まあ可哀そう」という。

「片ときもお仕事のことが頭から離れないのねえ。なんて可哀そうなの」

私は困ってしまう。私はそんな生活が楽しいのだから。

七十歳を過ぎてやっと私はそんな境地に辿りついた。苦しい苦しいといって仕事に明け暮れていた年月を超えて、やっとソファーに寝そべって音楽を聴く午後のひと時を持つことが出来た。楽しくない日があまりに多くあまりに長かったから、この程度のことで結構楽しい。

人生は苦労があった方がいい。楽しさを充分に味わうためにも苦労は必要だ。私はそう思っている。

希望を失ってはいけない

飛行機で北の方から帰って来ると、天気のいい日など青い空の中にもっこりと、紫と灰色の入り混った、何とも気味の悪い汚濁の色とでもいいたいような不吉に濁った気体が盛り上っているのが窓から望見される。

東京都はその盛り上った汚濁の下にあるのだ。我々はあの中で暮しているんですよ、と隣席の人に教えられて言葉を失った。飛行機はやがてその汚濁の色を分け入って下降して行き、羽田の大地に着く。そしてタラップを降りた頃には、自分がこれから、あの汚濁の空気を吸う暮しに入っていくことを忘れている。

ある時、それはこぬか雨の煙る夕暮れだったが、飛行機で北海道から帰って来た私は、機内放送で着陸態勢に入ったことを知って読んでいた本から目を上げて窓外を見た。今まさに飛行機は東京湾を降下しているところだったが、湾の向うに重なり合う工場らしい建物や何本もの煙突が、薄鼠《うすねず》色の空を背景に汚れた灰色のこぬか雨に包まれている様はまるで廃墟のように陰惨だった。まさしくこれは酸性雨に蝕《むしば》まれていく地球の終末を描いた「ブレードランナー」の世界だと思って暗澹《あんたん》とした。

日頃はただ忙しくあくせくと過しているが、地面を離れた空間から束の間見る景色によって私たちは自分たちが今、どんな環境に身を置いているかに気づかされる。しかし汚濁の中に入れば汚濁の色は目に見えない。何よりも地面には我々の生活、現実があって、我々自身、それを生きるために汚濁を産み出す存在のひとつになって都心へと車を走らせるのである。

暗澹としつつ、大丈夫か、これでいいのか、先はどうなるのだ、と思いつつ、汚濁の片棒を担いでいる。この社会の流れに合わせなければ暮しのリズムが成り立たないのだ。

そんな大都市から逃げるつもりはないのだが、事情があって海岸の町へ来て半年近く経《た》った。マンションの八階である。

目の前の湾の向うに富士山が見えますという触れ込みだったが、春から夏にかけては海面に立ちのぼる目に見えぬ湿気が邪魔をして富士山は見えなかった。夏の間は専《もっぱ》ら海水浴客やウインドサーフィンの青年たちを見て過した。湾の向うに富士山が見えるということなどいつか忘れていた。

秋に入ったが相変らず雨や曇りの日が多い。海水浴客は姿を消し、海の家は取り壊され、ウインドサーフィンの姿もめっきり少なくなった。私は毎日、机に向っている。机のある部屋は海とは反対の方角にある。外出の機会も多くゆっくり海を眺めることもない日々が過ぎた。

ある夕暮れ、居間を片附けながらふと西の空の赤さに気がついた。薄雲に覆われた水平線の向うの空が、一面に火事の照り返しのような鈍い赤さに染まっている。濃淡のないその不気味な赤さの中に鼠色の富士山のぼやけたシルエットが浮き出ていた。

それからまた何日か経った。秋は講演シーズンである。私は出たり入ったりの日を送っている。間もなく古稀の誕生日を迎える。いったいいつまでこんなことをつづけるのか、などと思いながら、しかし仕事があるということを有難いと思わなければいけないのだろう、と疲れた身体《からだ》を慰めている。

雨や曇天《どんてん》が何日もつづいた後、午後遅くから急に風が出て、空が明るんできた日のことだ。そういえば天気予報は午後から雲が切れて天気は快方に向うといっていたと思いながら、ふと水平線に目をやった。さっきまで水平線の上空を閉ざしていた厚い雲が右へ右へと流れている。

と突然、切れた雲の間からまっ白な……ギョッとするほどまっ白な富士の頭が忽然《こつぜん》と現れた。あッ、と声を上げ、息を呑《の》んだ。いつの間にか富士山は雪をいただいていたのだ。純白のそれは折からの夕陽《ひ》にキラキラと輝き、その下はまだ雲に包まれたままである。私が富士の存在を忘れていた間にも季節は確実に移って、富士はこの世の汚濁とは関《かか》わりなく清らかな雪をいただいて冬に向おうとしている。

なぜだろう。気がつくと私は両手を合わせていた。自分でも思いがけず、

「ありがとうございます」

思わず感謝の言葉を口にしていたのである。

人と会えば現代の汚濁への歎《なげ》きばかりいい合うこの頃である。言葉や文字に慰められたり励まされることなど滅多になくなった私に、富士は、まだ大丈夫、希望を失ってはいけないと訓《おし》えてくれているようだった。

女は年をとるとヒゲが生える？

その昔——といっても七十年生きてきた私にはついこの間のことのように思えるが、五十年ばかり前は家の中で「お父さま」は絶対の権力者だった。

「お父さま」の許しがなければ、お母さんも子供もしたいことは何ひとつ出来なかったのである。どんなお父さまもその双肩に一家の暮しを担って、社会の荒波と戦っている人だった。少なくとも子供はそう信じていた。お母さんは何でもかでも、

「それはお父さまに訊きましょう」

「お父さまがいいとおっしゃれば」

といったものである。子供は直接お父さまに向って希望を述べたり、頼みごとをするのではなく、お母さんが仲介人として子供の希望や要求を伝えるという仕組みになっていた。

お父さまはとにかく、怖い、近より難い、冒《おか》すべからざる存在だったのだ。

「お父さまがダメとおっしゃるからダメ」

とお母さんはいった。子供はその一言で泣く泣く諦めた。子供にとってお母さんは自分の気持をわかってくれている人だった。わかっているが無力だからどうすることも出来ない。子供はそれを理解し、そしてお母さんと子供はぴったり密着した味方同士になっていたのだ。

しかしそういう情況の中で子供は時々疑問を持った。強いお父さまが病気になると、大騒ぎをして苦痛を訴えるのが不思議だった。熱が出たといって、フウフウいって、この世の終りがきたようにへこたれている。お母さんは落ちついて体温計を眺め、

「三十七度八分ありますねえ」

といってから、別の部屋で、

「たいした熱じゃないのよ」

小声でいった。

「母さんだったら、洗濯して雑巾がけだってするわ、これくらいの熱」

というのであった。お父さまが病気になると子供にはお母さんが偉い人に見えた。お母さんは歯が痛くて頬っぺがふくれ上っても黒い膏薬《こうやく》を張っているだけだが、お父さまは痛い痛いと機嫌が悪くなる。腹が痛い、下痢が止らないといっては医者よ薬よと騒ぎ、今にも死にそうに唸《うな》る。

お母さんは山のように泰然としていて、そんなお父さまを軽蔑しているようだが、面と向って口には出さない。

「しようがないわねえ」

と鼻先で小さく笑うだけだった。

お母さんが何もいわないのは、お父さまが唯一《ただ》人の、かけがえのない稼ぎ手だったからで、だから静かに従っていたのである。

お母さんたちは男は偉いもの、強いものと教えられ、それを信じて育ってきた世代である。女は泣くが男は泣かないものだと思っていた。男が泣く時は歯を食いしばって泣く。泣くべきではないのにどうしても泣けてしまう自分の弱さ、もろさが口惜しく羞《はず》かしいという思いが滲《にじ》み出た涙である。だからお父さまが泣く姿は「男泣きに泣く」と表現されて、居合わす人の胸を打った。それはよくよくの痛恨事であろうと同情されたのである。

しかし結婚生活に入って暫《しばら》くすると、お母さんたちはかつての尊敬はイリュージョンだったことをわからされる。地震の時、お父さまはいかに不様《ぶざま》に慌てたか、強盗、雷、借金取り、警察。何も悪いことをしていないのだから平気じゃありませんか、とお母さんは警察からの呼び出しに消沈しているお父さまを励ました。するとお父さまは青い顔を怒りで赤くして喚《わめ》いた。

「悪いことをしていてもしていなくても、警察という所はいやな所なんだよう！」

男は女のように鈍感じゃないんだ、というのがいつも自分の弱さを正当化する時のお父さまの台詞《せりふ》だった。

あの時、この時、妻たちの記憶の引き出しには細大洩らさずお父さまの「あかんたれ」ぶりが整理されている。殊に日本が戦争に負け、衣食住にこと欠くようになってからは、その記憶の引き出しは整理不能なまでに混雑し、それはやがてお父さまへの失望というひとつに固まったのであった。

生物学的にいって女性は男性よりも優秀——といって悪ければ強靭《きょうじん》に出来ているものであろう。そうでなければ子供を身籠って十か月後に産み、更に授乳と育児に耐えられる筈《はず》がない。それらの苦業を女は当然の責務として耐える。どんなに弱い女でもそれを耐える力を持っている。

お父さまはどうだったたか。

臨月の妻の姿を見るだけで耐えられない、とヌカしたお父さまがいた。なぜ耐えられないのか。「みっともなくて」と彼はいった。

「一緒に歩くのも羞かしい」

愈々《いよいよ》出産となるとお父さまは逃げ出した。妻の出産の不安に耐えられないのである。

その頃は自宅で出産することが多かったから、その時の妻の苦痛の声を聞くことにも耐えられないで酒を飲みに行く。あるいはマージャン荘に入り浸る。B氏は氷雨《ひさめ》降る夜の公園に佇んでいて、手配中の強姦魔に人相が似ていたために交番に連行された。

その話を今の若い妻たちにすると、彼女たちは忽《たちま》ち叫んだ。

「わァ、カワイイ!」

「心配で家にいられないのね。優しいのねえ……」

「男のデリカシイね、ロマンチックねえ」

口々にいって感激している。

彼女たちは当然の権利として夫を出産の枕頭《ちんとう》に立たせる。ラマーズ法とかで、

「ハッ、ハッ、ハッ、ハア……」

夫は汗みずくになって妻と呼吸を合わせて唸り、

「大丈夫、大丈夫。さあ、生れますよ、頭が出てきましたよ、そうら……」

の声に夫は妻の股ぐらを覗き込み、ショックを受けて思わずハラハラと泣いたりし

ているのだ。

今は夫と妻はすべてに対等、苦労も楽しみも半ぶんこ、力を合わせることが基本になっているから、妻の出産中、ただうろうろするだけの男が新鮮で「カワイイ」のであろう。

我々むかし女はこの出産の時から孤独に耐える力を身につけた。いざという時の火事場の力を、そんなふうにしてお母さんは養ったのである。

「女は年をとるとヒゲが生える」とは私の母が屢々《しばしば》口にしていた言葉である。五十代にさしかかった母はその言葉をある種の感慨を籠《こ》めていっていた。その感慨には長い歳月の中で培ってきた自信とそうしてそこはかとなき詠嘆があったように思う。

「ほんまになあ……あんなにだまーって——ハイとイイエしかいえん娘やったのが、こんなになるんやからなあ……」

自分のことを、まるで他人《ひと》のことをいうようにそういっていた。

女が年をとるとヒゲが生えるということは、女らしさを失うということである。女らしさを失うということは、従順を捨て、強くなって自分の意見を通すということであろう。「お父さまに訊きましょう」といいはするが、その時は既にお母さんの考えは決っていて、お父さまを我が意見に誘導するだけ、という仕組みにいつかなっている。誘導に向うが応じない時は説得にかかる。説得が論争になる。それに勝つために、過去のお父さまの判断の間違い、失敗についての記憶が総動員される。

あの時、お父さまはこうおっしゃったのよ、わたしは反対したのに、頑として聞き入れて下さらなかったのよ、こうなることははじめからわたしにはわかっていました。いったでしょう、あの時、きっとこういう結果になるわ、って。なのにお父さまは……。

そうしていつか、主導権はお母さんの手に移っているのだ。「ハイ」と「イイエ」しかいえなかった私の母は、日米開戦当時、アメリカに戦争をしかけた日本の無謀を思って、これでは日本は負けるにちがいない、と心配していた。母は実に単純素朴にアメリカの地図と日本の地図を引き較《くら》べて、これだけ大きさが違うものが勝てるわけがないと判断したのである。その時父は実に無造作に、

「負けやしないさ」

といい、

「アメリカの男のように女の機嫌ばっかりとってる奴が日本の男に勝てるわけがないよ」

鼻先でいってのけたのだった。

しかし日本は敗れた。

お父さんは大和魂だの神風だの、夢みたいなことを持ち出して勝つ勝つといってたけど、大和魂みたいな形のないもので戦争が出来るわけがないことくらい、なぜわからないのだろう、と母は父を嘲笑した。女の現実主義、現実を直視する目は、敗戦を契機として男のロマンチシズムを上廻るようになった。敗戦による混乱の中では何よりも力を持つのは現実との対応力である。

一面の焼野原。食糧欠乏。その現実に立ち向ったのはお父さまよりもお母さんだった。一家を飢えさせないために死にもの狂いでお母さんは力をふるった。あるお母さんは夫や子供のために農家で衣服と引き換えに手に入れた闇米の袋を、ねんねこ絆纏《ばんてん》の下におんぶして、米袋に正《しょう》ちゃん帽をかぶせて延々六キロの道を歩いた。駅には闇米取締りの警察官が張りこんでいたからである。

私の義姉（長兄の妻）は兄に食べさせるために漸《ようや》く手に入れた牛肉を下腹に巻いて、妊娠を装って汽車に乗ったために、腹が冷えて猛烈な下痢に襲われた。牛肉・馬肉のたぐいは打身などの熱を取るのに効果があるという話を下痢をしながら思い出したという。これぞ女の底力の現れである。

そんなふうにお母さんが奮闘している時、お父さまたちは何をしていたか。敗戦のショックに茫然自失していた。

茫然自失？

何が茫然自失だ、何がショックだ、とお母さんは思った。こんな時に茫然自失していられるなんて贅沢だ、とお母さんはいいたい。しかしそんな議論をしている暇があれば焼跡《やけあと》を掘り返して芋を作った方が利口なのである。喧嘩《けんか》をする暇も惜しんでお母さんは働いた。お父さまがショックから立ち直るまで身を粉《こ》にして働いた。

お父さま曰く、

「女ってのはまったく、逞しいよ。要するに女ってのは鈍感なんだな。精神性とは縁遠いんだな。だから何があっても平気なんだ。起き上り小法師《こぼし》みたいに、次の瞬間には起きてるんだが、男はそうはいかない。いや、女はえらいよ。アハハハ」

「女はえらいよ。アハハハ」

に単純に満足するお母さんもいれば、

「ふン、なによ、グタラグタラとくだらないことといって……」

と黙殺するお母さんもいた。いつかお母さんにはお父さまを凌《しの》ぐ力がついていて、お父さまなどいついなくなってもさほど困らないという自信の柱が身体《からだ》の中にしっかりと建立《こんりゅう》されているのである。

「なあ、長生きしてくれよ、俺より一日でも長く生きてくれよ」

とお父さまは願うようになった。お母さんのいない生活を思うと、お父さまは闇に閉ざされる。

若い時分は、なんだその格好は、髪に妙なものを巻きつけて、おびんずるさまじゃあるまいし、黒い顔をテカテカ光らせて……少しは寝化粧くらいしたらどうだ、オレが浮気したからって、怒る資格はないよ、などとえらそうにいったりしていたのが、今じゃ何もいわない。おびんずるでも何でもいい。大イビキも歯ギシリも我慢する。干渉癖、議論好き、おしゃべり、何だってしたいようにするがいい。とにかく丈夫で長生きしてくれ、一日でもオレを一人にしないでくれ、と切に願う気持になっていて実におとなしい。

「女は年をとるとイジワルばあさんになるけど、男はヨイおじいさんになる」

とも私の母は皮肉を籠めてよくいっていた。

Y子は私と同年のヒゲ女である。彼女はこの頃、山登りに凝っていて、暇さえあればあっちの山、こっちの山へと出かけて行っている。

「山の気を胸の奥まで吸いこんで大地を踏みしめ踏みしめ歩いていると、大地の気が足の裏から身体に染みわたっていくような気がするのよ」

と、元気イッパイである。

Y子には六歳年上の「お父さま」がいて、かつてはエライ軍人だった。教育家の娘であるY子の娘時代は、極めて普通の、よくしつけられた娘だった。素直に教育されて、やがて良妻賢母になった。

夫はエライ軍人だったから極めて自然に尊敬し、従い、尽した。戦中から戦後への境遇の苛酷な変化にも柔軟に対応し、夫を励まし立派に家庭を守っていた。そのY子がどこの家庭でも家族で楽しむ連休に、一人で山登りをしてきたというのだ。

「で、ご主人は？」

「主人？　主人はうちにいたわよ」

「一人で?」

「そうよ。息子は二人とも結婚して遠くにいるしね」

実に淡々たるいい方だ。

「ご主人からよく文句が出ないわね」

「文句? そんなもの出させないわよ!」

こともなげなその答。

「出させないとはあなたも変ったわねえ」と私は感心してしまった。

「それはねえ、いろいろあったわよ、それはいろいろあったの(と、感情が激す)。でも今は主人は何もいわないわ。黙ってるわ。わたしが出かける時も黙ってビールを飲んでるの。だってわたし、妻としてすることだけはちゃんとしてるもの。山ぐらい行ったっていいでしょ」

男は黙ってサッポロビール。いささか古いが、以前テレビCMにそんな惹句《じゃっく》があった。三船敏郎が起用されていたから、男らしさとそれゆえの寂しさを意図したものだろう。

何があっても男は泰然としてビールを飲んでいる。その姿に漂う孤独さえも男らしいのであった。

黒いズボンに赤いアノラック、リュックサックを背負った七十近い妻の姿にY子の夫はいかなる感想を抱くのか。彼は黙ってビールを飲む。人生を達観しての沈黙か、諦めの沈黙か、ふてくされているのか、耐えているのか、ただただ悲しいのか、エネルギーの涸渇《こかつ》、「ヨイおじいさん」の沈黙か。

我々女性に包含されている力は、生れる時に神さまから与えられた底力の上に、強いられた忍耐と犠牲によって培われたものである。その力は苦労に直面する度《たび》に強くなり、掘れば掘るほど湧き出してくる。

たまたま昨日乗った個人タクシーの、白髪頭の運転手がこんなことを話していた。

「わたしは先月、メゾネット式の公団住宅にやっと入れたんですがね。娘夫婦と孫二人が一緒で上は娘たち、下はわたしと女房。いやあ、この頃の公団住宅はよく出来ててねえ。広くて便所なんかも車椅子が入れるように作ってあるしね。女房は去年まであっちが痛い、こっちの具合が悪いっていい通してたのが、急に元気になっちまって、生き生きしてますよ。それでわたしはいったんです。いろいろ苦労かけてきたけど、この家はオレの精一杯のプレゼントだと思ってくれ、ってね。母さん、長生きしてくれよ、っていつになく神妙な気持になっていったんですよ。そうしたら女房の奴、『なにいってんの、ふン!』ですよ……。あの女、いつの間にやら強くなってやがって……」

突然感情が激したか、前の車を追い抜きざま、急カーブを切って右折する。私はびっくりして「きゃっ」と叫び、

「興奮しないでよ、運転手さん」

私の叫びに耳も貸さず、

「女ってのは、お客さんの前だけど、根に持つねえ……。嬉しいことはすぐ忘れて、

怨みだけはいつまでも忘れずにいるんだ……」

彼の気持はわからぬではないけれど、女房どのの「フン！」に籠る積年のエネルギーもまたわからぬではないのである。

「わたしは夫よりも二年か一年か……せめてひと月でいいから早く死んでやりたいわ」

とクラス会でいった人がいる。

「そんな……可哀そうよ、それは……」

とたしなめつつみんな笑っている。これぞ勝者の笑いである。

快い笑いの流れる中、いや食うわ、食うわ、もうお腹《なか》いっぱい、といいながら新しい料理が運ばれてくるとまた食べるのは、これで夕飯は干物か、鮭茶漬ですませよう、という腹づもりからである。

お父さまはそれにつき合わされる。

男は黙ってヒモノ食う。

私の義姉（前記の、肉を腹巻きにして下痢をした）はこの春の終りに八十一歳の生涯を閉じた。兄は二十年前に身まかっている。義姉は兄の三番目の妻だが、兄への献身はその生涯を貫いている。兄が存命中はひたすら兄の我儘《わがまま》に服従し、端女《はしため》のごとく（といっても決していいすぎではない）かしずいてきた。行きたい所にも行けず、着るもの食べるもの、すべて兄の命令のまま。兄の晩年になって漸《ようや》く許された趣味が「釣り」であった。

義姉が「したいこと」をするようになったのは兄の死後である。彼女は六十歳を過ぎてスキーと水泳を始めた。若い時分は浅草の踊り子だったから、肉体を躍動させることが性に合っていたのだろう。兄の死によって一気に抑圧が取れたのか、スイスまでスキーに行くという熱の入れようだった。

義姉が肺癌らしいと聞いたのは今年になってからである。入院したが病院の食事がまずいからといって、隣のホテルへ食事に行ってお医者さんを怒らせたという話を聞き、それくらい元気があれば結構、と私などはいっていたのである。

そのうちだんだんと病は進み、歩くのもやっとという有《あり》さまになってきた時、突然、最後にスキーに行きたいといい出した。お医者さんの方ももうこの患者にはヤケクソの気持だったのかもしれないが、したいことをさせてやろうということになって息子一家が軽井沢の先の方までスキーに連れて行った。

軽井沢へ向う電車に乗るために駅の階段を上る時は、両脇を支えられて漸く上るという有さまだった。現地に着いても息子たちの手でリフトに乗せるのがたいへんだったという。息子は最後の姿をテープに収めようと山の下でビデオを構えて待っていた。と、上の方から絶妙のテクニックでざーッと滑り降りてくるばあさんがいる。まさか？　と思いつつよく見ると、なんとそれが彼女だったという。しかし滑降した後の帰り道は来た時と同じ、ヨレヨレだったそうだ。

我々はこの話を聞いて思わず笑った。それから改めてその気力、そのエネルギーに感心した。

その後、桜が咲くと義姉は花見に行きたいといい出した。そこで息子が車椅子を押し、孫が酸素ボンベを担いで後からついて行くという花見になった。千鳥ヶ淵はたいへんな人出だったが、この異様な一行のために道はモーゼの杖のひと振りで開いた紅海のようにおのずから開いたという。

それからひと月後、義姉は亡くなった。パパのところへ行きたい、早く行きたい、といいつづけ、なかなか行けないことを怒って大声でお医者さんを罵倒しまくり、やがて静かになって安らかに死んだ。

彼女はいつまでも死ねないことにじれ、本能の導くままにエネルギーを使い果たすべくスキーや花見に出かけたのだ、私はそう思う。死ぬために最後の力をふるった。一心不乱に死のうとした。彼女は全生涯かけて培った力をもって人生を締め括《くく》った。

これぞ女の底力というものなのである。

この底力は「お父さま」によって培われた。男が女の機嫌をとるようになった今は、女はもう年をとってもヒゲが生えたりはしないだろう。

70代　それでも仕事をするのは一番楽しい

8章　強気老人の気概

老人性せっかち症

元来の慌て者が、年とともにますます高じてきた。タクシーに乗ると目的地の三百メートルほど手前で、もうおよその料金を握っている。メーターが上るのを見ては十円玉を増やしたり百円玉を増やしたり、ついに千円札に取り換えたりする。車が止ると同時にパッとお金を渡したいのだ。止ってからおもむろに財布を取り出す人は許せぬという気持になる。せっかちゆえに、他人と車に乗ると高速料金もタクシー代も常に私が払うことになってしまう。

銀行の貸金庫が機械化された。カードを差し入れて密室に入り、ドアをロックしてカードを差し込み口に入れると、案内の声が「暗証番号を押して下さい」という。番号ボタンを押すと自動的に金庫がせり上ってくるという仕組みである。

何度か使っているうちに順序を呑《の》み込んだため、案内の声に耳を傾ける必要がなくなった。部屋に入るやいなや、さっとカードを差し込み、ピンポンパンポンと番号を押した。押すと金庫が上ってくる筈《はず》なのに、何だか様子がおかしい。暗証番号を押して下さいと、女の声はくり返す。だから、さっき押してるじゃないですか、といい返したいが、どこからともなく聞えてくる声に向って怒ってもしようがないのである。そのうちドアの外が騒がしくなった。

銀行の人が異変に気づいたのだ。

「暗証番号、押してるのにこうなんですよ……」

私は憤然という。おかしいですなあ、と銀行の人は首をひねり、あちこち走り廻った結果、漸《よう》く金庫は開いた。

考えてみると暗証番号を押して下さいという声が終ってから押さなければいけないものを、声が終るまで待てなかった私の方がいけなかったのだ。

バスから降りるおばあさんにおヨメさんらしい人が手助けの手を伸ばしたら、おばあさんはパッとふり切ってトコトコ行ってしまった。ヨメいびりの姑《しゅうとめ》の見本みたいだと同行の人がいったが、イビリではない、あれは老人性せっかち症のためにちがいないと、私には理解出来るのである。

何がおかしい！

テレビのお笑い番組を見ていると、わーッわーッとさもおかしそうな笑い声が入っている。番組によっては盛り上げるためにわざと笑い声のテープを挿入したりするようだが、わざとの挿入ではない、ということを示すために笑っている観客を映し出している場合も少なくない。

そんな番組のそんな笑い声を聞きながら、私はムッとしてテレビ画面を見ている。

何がおかしい！

という気分である。

私はちっともおかしくないのだ。こんなわざとらしいギャグ、おふざけになぜ笑えるのか、ふしぎでならない。皆が笑っている前で、ひとりムッと坐っているというのも、なんだか妙なものだ。家族団欒の中でむっつり坐っている耳の聞えないじいさんになったような気持である（この場合、「ばあさん」でなくて、なぜか「じいさん」の気持）。

年をとると五感が衰える。若い頃、私は歌が得意だった。だが年々、音程がふたしかになり、この頃は新しい歌は全く歌えなくなった。音感が鈍ったためだろう。昔憶《おぼ》えた歌しか歌えない。

それに嗅覚も鈍ってきた。孫がおならをして臭い臭いと娘が騒いでいても私は平然としている。

「おばあちゃん、よく臭くないねえ」

と呆れたようにいわれると、口惜しいから、

「臭いわよ、騒いでもしようがないから黙ってるだけ」

と答える。

味覚だけはまだ衰えていないと思っているが、それでも料理自慢の奥さんに招かれて自慢料理のご馳走攻めにあった時、それほどおいしいとは思わなかった。一緒にい

た人は盛んに褒めていたから、私は自分の味覚に自信を失ったのだが、味覚をエチケットが押し退《の》けるということもあろうかとも思う。

人がおかしがって笑いこけていることが、少しも笑えないのは、嗅覚や音感と同じ老化現象なのかもしれない。テレビのお笑い番組を見るたびにそう思っては心細くなっている今日この頃である。

ある時、私は近県の温泉場へ通じているバスに乗っていた。うららかな日の射《さ》す春の午下《ひる》りである。車内には十人ばかりの乗客が坐っていた。前の方には乗り際に運転手と猛烈な口喧嘩をした老人と、その老人の連れ合いの気の弱そうな老婦人が坐っており、その後ろにいい合わせたようにきれいにセットした中年婦人の頭。そしてあれは部分カツラにちがいないと見える初老紳士、何を思っているのか、髪を金色に染めてウニのように逆立てたツッパリ青年、小鳥のように絶え間なくおしゃべりしている若い女性二人など、思い思いの席に腰をかけているその後ろ姿が、一段高い後部座席の私のところから見下ろせる。

おしゃべり小鳥さんの絶え間ない小声のほかは、みんな押し黙ってバスの振動に身を委《ゆだ》ねている。

バスは商店街を出外れると、いきなりグーッと右折した。それに従って乗客たちはまるで申し合わせたように一斉に右に傾く。運転手はさっきの口喧嘩のために機嫌を悪くしているらしい。曲り道に来ると急激に、エイッとばかりにハンドルを切るのである。

しばらく真っ直ぐに走ったら、バスは急に左折した。乗客はまた一斉に左に傾く。次は右折。右に傾く。運転手を怒鳴りつけた老人は怒り顔のまま。おしゃべり小鳥さんは囀《さえず》りつづけたまま。金色のウニ頭、部分カツラのおじさん、セットしたての二人の中年婦人たち――マスゲームさながら、一様に右に傾いたり、左に傾いたり。運転手自身も傾きながらハンドルを切っている。

私のミゾオチの下の方に、ポツンと一粒のアブクが浮き出た。と思ったらそのアブクはプクプクと上ってきて、のどの下あたりでパチンと割れたと思ったら、笑いの輪が広がった。何ともいえない、いうにいえないおかしさがきた。

思わず「ふフッ」と笑いが洩れた。

何がおかしい、何もおかしいことはない、と自分にいい聞かせるのだが、笑いはやまない。誰も笑っている人はいない。みんなマジメに（運転手の怒りに従って）右に傾いたり左に傾いたりしている。

私の肩は小刻みに揺れはじめた。

何がおかしい、何もおかしいことはない。そう思えば思うほどおかしさがこみ上げてくる。笑いと闘いながら私も右へ傾いたり左へ傾いたりしている。それがまたおかしい。

暫《しばら》く真っ直ぐな道がつづき、やっと笑いがおさまってほっと一息ついていると、またもやエンジンがふかされ一気に山道を上りながら、ガーッと右折。ガーッと左折。私は又してもこみ上げてくる笑いと格闘しつつ右に傾き左に傾き……もう怺《こら》えきれずに、うふッ、うふッ、と笑いを洩らしながら、今度はでこぼこのゴロゴロ道、飛び上ったり、沈んだり……。


あんなに困ったことはなかったと人に話したら、その人はポカーンとして、

「それ、どうして？　なぜおかしいの？」

という。

「どうしてといわれても……」

私は絶句した。

「わからない？　おかしくない？」

としかいえない。

「わかんない。説明してよ」

「だからねえ、つまり……」

いおうとしたがいえなかった。

ユーモアは説明するものじゃない。感じるものなのだ。感じる人もいるし、感じない人もいる。感性の問題だ。名人落語のおかしさは洒落《しゃれ》やオチにあるのではなく、噺《はなし》の「間《ま》」に潜んでいるおかしさであろう。それは感じるものであって「わかる」ものではないのである。だから「ユーモアって何ですか？」と真顔で質問し、真顔で答えている人を見ると、私は笑いたくなる。

四十五年前、父の葬儀の時のことだ。寺の本堂での読経《どきょう》の真っ最中、私は突然、笑いがこみ上げてきて閉口した。私が坐っている遺族席の前に、一人の若い坊さんが太鼓の前に坐っていて、読経につれて叩きながら、時々、叩くのをやめてお辞儀をする。それまで私はハンカチを目に当てて父の死を悲しんでいたのだが、涙と涙の間にふとその様子が目に止ったのだった。

太鼓は坊さんの膝《ひざ》の前にある。そこでお辞儀をすると、坊さんは頭で太鼓を叩くことになる。あっ、ぶつかる！　と思った途端、坊さんの頭はスイと太鼓をよけて右の方へ低頭した。

読経と太鼓はつづき、またお辞儀の時がくる。また坊さんの頭は太鼓をよけて右へ向く。

その時私は姉が隣でハンカチを握りしめ、肩を慄《ふる》わせているのに気がついた。顔を見ると真っ赤になってこみ上げる笑いを怺《こら》えている。まことに人間は泣きながら笑える高等動物であることを私は身をもって知ったのだった。


この頃は世の中に笑いが氾濫していて、誰も彼もが笑いたくてたまらないらしい。その要求を受けてお笑いタレントはこれでもかこれでもかと笑わせることに懸命だ。そんなに一所懸命になられると、笑う方も笑わなければいけないような気がするらしく、わーッ、わーッと笑いが弾んでいる。

そんなテレビの前で、ひとりムッツリ坐っている私の姿は、テレビのギャグよりもよっぽどおかしいと我ながら思う。

「敬老の日」の過し方

九月十五日（平成十五年からは第三月曜日）は敬老の日だというので、新聞やテレビは百歳以上の老人をはじめ、幸せな老人や元気な老人たちの紹介に忙しかった。

私は十一月がくると満七十一歳になるから「敬老」の対象になる筈だが、一向に誰も何もいってくれない。我が家族は「敬老の日」はよその家庭のことで、我が家とは関係がないと思っているらしい。

赤飯くらい炊いて元気でいつまでも長生きして下さいね、の一言くらいいったらどうかと娘にいうと、七十歳はまだ老人じゃないのよ、などとすましている。

敬老とは年寄りをいたわり慰めることではなく、文字通り敬うことである。長い人生の荒波を越えてきた智恵や勇気や努力奮闘に対して敬意を払うことであろう。

昔は毎日が敬老の日だった。年をとって足腰が弱くなり、記憶力も減退し、壮年のように働けなくなったから、だからいたわるというのではなく、老人一人一人の人生の経験の重みに対して（それが役に立つか立たぬかの問題ではなく）おのずから脱帽するという姿勢を皆が持っていた。「敬老の日」と決められた日だからといって、特別に猫なで声を出していたわったり、激励したりすることはなかったのである。

私の北海道の家は集落から七百メートルの坂道を上った丘の上にあるから、地元の人はみな車で来る。しかし私は毎夏、そこを徒歩で上り下りしては自分の脚力、体力を試す。坂はおおむねなだらかだが、家のある丘に上る急坂は二百メートルほどで、それが一番の難所である。

そこを上りながら毎年、私は思う。今年はこうして元気で歩いているけれども、来年は？　と。去年も一昨年もその前も、必ずそこで同じことを思ったものだ。娘の結婚が決った年の夏も、来年はどうなっているだろう？　とやや心細く思ったものだが、それからはや五年経《た》って今年は三つになる孫を励まし励まし上り下りした。だがそのうち、二百メートルの急坂が苦になる時が必ずくるだろう。来年かさ来年か、その次か。目の先に広がる海を眺めて覚悟を決める。
それが私の「敬老の日」の過し方でした。

人情が嬉しい

風呂場ですべって転んだのがきっかけで、二世帯住宅を建てて娘夫婦と上下で暮すことになった。その家がこのほど建ち上ったが、仮住居にしていた湘南のこの町が気に入って立ち去り難い思いをしている。

一人暮しよりも孫を加えた賑やかな方がいいでしょうにと人はいう。その通りなのだが東京の濁った空の下、急ぎ足で歩く人の群れにまじると一刻も早くそこから抜け出したくて、年を忘れていつか飛ぶように歩いている私である。

東京にいる時はそれを普通に思っていたことが、一年の湘南暮しであれは普通ではなかったとつくづく思い知らされた。

去年の暮れのことだ。お歳暮の宅配便で再三お世話になったゆうパックのおじさんに、リンゴとオレンジをほんの気持だけお裾《すそ》分けしたことがあった。すると数日後チャイムが鳴った。ドアを開けると、あの宅配便のおじさんが福寿草の可愛い鉢を持って立っていた。私の僅《わず》かな気持に対しての心づくしなのであった。

嬉しさと同時に私は心底びっくりした。こんな人情に接するのは何年ぶり、いや何十年ぶりという気がした。昔ならそれほど珍しいことではない。だが今は嬉しくて驚いて小躍りするような気持になる。都会の暮しの中ではもう、ありがとうもすみませんも聞くことがなくなりかけている。そしてそれを咎《とが》めたりすることもなくなった。

タクシーの運転手は行き先をいっても返事もなく、ダンマリで料金を受け取る。たまに「ありがとう」という人がいるとほっとして、「ありがとうといってくれて、ありがとう」と礼をいいたくなるほどだ。タクシーを求めている人のために労力を提供しているのだから、客と運転手は対等だ。金を貰うのは当然の取引行為ゆえ、何も礼をいうことはないといった人がいる。そういわれれば何だか理窟《りくつ》が通っているように思えて引き下ってしまうが、どうも釈然としない。

窓辺の福寿草は次々に黄色い花を咲かせ、今は葉がずいぶん伸びた。それは今、原稿を書いている机の向うにあって、一人暮しの私のあたたかな友である。ああ、だから私は東京に戻りたくない。

70代　それでも仕事をするのは一番楽しい

9章　こんなふうに死にたい

古稀《こき》の記念句

平素俳句を作ることは滅多《めった》にないのだが、去年（平成五年）の秋、満七十歳を数えてふとこんな句を作った。

秋晴《あきばれ》や古稀とはいえど稀《まれ》でなし

十一月だったから「秋晴や」としたが、春なら「春風や」とでもつけるところである。「秋晴や」では元気いっぱい爽やかに古稀を迎えた心境を詠《よ》んだ句になり、「春風」となるとうらうらと心楽しくめでたい句になる。

では「冬枯《ふゆがれ》や」とつけるとどうだろう。まったく異なった趣の句になってしまう。

今はみんなが長命になり、七十歳は決して稀ではなくなったのである。若い人たちは虚心に古稀を祝ってくれるけれども、祝われる方の胸の底には何やら寂寞《じゃくまく》の思いが漂っている。

長命ゆえのボケの心配、寝たきり老人になる恐怖、若い人たちの足手まといになるのではないかという不安。そんな思いはどの老人の胸の底にもうずくまっている。だからこの句には「冬枯や」とつけるのが一番ぴったりくるのかもしれない。

先頃、同い年の古い友達が急逝した。息子さん一家とは「スープの冷めない」距離に一人暮しをしていたが、ある朝、手伝いの人が訪れると廊下に倒れてこときれていたという。その話を私に伝えた友人の一人は、

「いいわねえ。そんなふうにバッタリ逝けて」

といった。暫《しばら》くすると別の友人から手紙が来た。

「あの人は幸せな人だった、最期まで幸せだった、とみんなでいい合ったことでした。つくづく羨ましく思っています」

かつて我々にとって見取る人もなく別れの言葉も遺《のこ》さずに「バッタリ逝く」ことは悲しい不幸な死だった。だが今はそれは人から羨まれる幸せな死になった。なぜ幸せな死になったかを考えると、私はまさに「冬枯や」の思いに沈むのである。

しかし、だからこそ私はこの句に（無理にも頑張って）「秋晴や」をつけ、それによってその句を自分を励ます古稀の記念句として残そうと思うのである。

理想的な最期

このほど、身内の老人が死亡した。

病名は筋萎縮症だという。

遺族は「可哀そうで可哀そうで、もう、見てられませんでした」といって泣いた。

腕の痺《しび》れから始まって、最期は耳も聞えず口も利けなくなった。

「鼻の穴には点滴のクダやら何やら、素人にはようわからんけど、あっちにもクダ、こっちにもクダ、クダ、クダに巻かれて身動きも出来まへんのや。本人も苦しいから、クダを取ろうとするのやけど、手が動きまへんやろ……『かえりたい、かえりたい』いうて口を動かしますけど、どないもしてあげられへん……」

聞いている私も苦しくなってきて、

「八十にもなって筋萎縮にかかったら、もう治らないことはわかってるじゃないの……」

と怒った。

「そんなクダなんか取ってしまって連れて帰ればよかったのに……」

「そう思たんやけど、お医者さんに逆らうわけにいかへんし……」

いくら本人が苦しがっても点滴をしなければ死んでしまうといわれると、点滴をやめて下さいとはいえない。

「早う殺してくれというてるみたいで……」

と遺族は嘆息した。延命の方法がある以上、医師たるものはその方法を採る義務があるのです、と、遺族は医師に一蹴されたという。そうして老人はクダに巻かれて身動きもつかぬままに帰りたい死にたいといいつつ数か月命を長らえた後、漸く死んだ。

漸くというのもむごたらしいいい方だが、見守る者はすべて、ああ、これで楽になったでしょう、ご苦労さんでした、といいたい気持であったという。私は暗澹《あんたん》として言葉を失った。ひとごとではない。これは私の上にもやがて訪れる問題なのである。

クダを身体《からだ》のあちこちからぶら下げて、動きもつかぬままに数か月の命を引き延ばすのと、たとえ死期が早まろうと天命に従って死んで行くのとどちらを選ぶかと訊《き》かれれば、私は迷わず後者を選ぶ。ただ心臓が動いていることだけを目的とする医療は、どんなことがあっても受けたくないというのが今の私の気持である。

しかしそんな私の考え方は、それは今、あなたがその立場に立っていないからそういうだけです、という言葉でいつも一蹴される。

「死にたい死にたいといっていても、それは果たして本心かどうかわからないでしょう。人間はどんなに苦しくても一日でも長く生きたいものなのです。人間の生命は尊重しなければいけません。生きられる限り、生きるべきです、生かすべきです……」

自信を持って凜然《りんぜん》といわれると、まだ死に直面したことのない私は、それは独断ではありませんか、とはいいかねて、心中ひそかに、これはえらいことになってきた、「いかにして死と戦うか」ではなく、「いかに上手にスムーズに死ぬか。いかに死ぬべく戦うか」ということを考えなければならぬ世の中がくるのではないかと怯《おび》えつつ、

「心臓が動いてりゃいいってもんじゃないんだけどなア」

というのも口の中。もうこれ以上、医学は進歩してくれなくていいよ、とつい口走って叱られた。

そんなある日、アフリカのスワジランドの国王ソブーザ二世が亡くなったという新聞記事を読んだ。

ソブーザ二世は生後四か月で後継者の指名を受け、成人後、六十一年間にわたって国王として在位した権力者である。その最期の模様を新聞は次のように伝えている。

「ソブーザ二世は先週（八月二十一日）死の床に横たわっていた。作法通り、最後の数分間を、ひれ伏す高官たちと国政問題の協議にあてた。と突然、ソブーザ二世が口を開き侍医のサミュエル・ハインド健康相を残して皆座を立ってほしいといった。『わしはもう行くぞ』国王はハインドにこういった。

『国王、してどちらへ』と侍医が訊《たず》ねると、ソブーザは力なく笑って、別れを告げるように手を揺らした。ソブーザ二世の八十三年の最期であった……」

私はこの記事を読んで胸を打たれた。これこそ人間の死の、最も理想の姿ではないのか。あるいはこの最期の状況は、偉大な王の生涯の最期を飾るためのフィクションかもしれない。そう思いつつも胸打たれるのは、現代の老人の死が、私には惨めに思えてならないからである。

「死に際」よりも「死後」が大事

人は死ぬと無になると、今の日本人の半数以上の人が考えているようだ。その人たちから見ると、死後の世界があると信じている人は単純素朴もいいところ、無智無教養のように見えるらしい。そういう私もかつては漠然とだが死後は無になると思っていた。そう思うのが一番簡単だったからである。ひたすら生きることに忙しく、そんな先のことについては考えていられない——そういう気持だったのだ。

十九年前、私は北海道の浦河町《うらかわ》の丘の上に避暑のための家を建てた。そうしてその時から私は人の死後について考えないわけにはいかない体験をするようになった。気のせいだ、錯覚だと思い決めようとしても、これでもかこれでもか、といわんばかりの超常現象に見舞われると、無視しているわけにはいかなくなる。

人間は霊媒体質（霊的エネルギーを持っている）の人とそうでない人に分かれると

いう。例えば幽霊が出るといわれている家へ五人の人が探検に出かけたとする。その時五人が五人ともに霊媒体質でない人たちであれば、怪しい現象は何も起らない（一説には霊は霊媒体質の人のエネルギーを取って現象を起すのだという）。そこで幽霊屋敷だなどというのは嘘だ、あそこで幽霊を見たなどといい出した人は、臆病のせいで枯薄《かれすすき》が幽霊に見えるたぐいだ——と決めつけられる。五人が五人とも霊媒体質であれば、異議なく、

「出ましたねえ」

と頷《うなず》き合って問題はないのだが。

世の中には霊媒体質を認める人は少ないから多勢に無勢。簡単に「変ってる」あるいは「うさん臭い奴」ということにされる。もっとひどいと「アタマがおかしい」と心配されることもある。

「見える人」は常に孤独なのである。

浦河の丘の上の家が建ち上り、家財道具を収めて間もないある夜、水道の口もない

場所で水が流れ出る音がしたり、砂利道などないのに家の外で砂利の上を歩き廻る音が聞えたことからそれは始まった。しかしその時は、誰もがそうであるように、私たちは「空耳」「気のせい」でことをすませていた。ほかにも異常が起っていたのだろうが多分、気がつかなかったのだろう。

次の年から目に見えて超常現象が起るようになった。

東京から送った書籍の段ボール八個を玄関に積んでおいたのが、そのうち一個だけ忽然《こつぜん》と消えていたり（私の家へ来るには七百メートルの坂道を上らなければならないので、よほど暇な人でない限り車を使う。もし泥棒ならばどうせ車で来た以上は二、三個は持って行くだろう）、夜になると屋根の上をゆっくり人が歩く音がしたり、つけておいた電灯が消えていたり、かと思うとつけた覚えもないのについていたり、これでもか、これでもわからんか、というようにつづけざまに異常が起きるともう錯覚だなどとはいっていられなくなった。

秋になって東京へ帰り、講演旅行に出ると、旅先のホテルで夜通し怪奇音に悩まされた。部屋を出る時に消したことを確認したルームライトが戻ってみると点《とも》っている。ついには東京の自宅でも絶えずラップ音が鳴っているという有《あり》さまである。五十歳にして突然、私に潜在していた霊媒体質が出てきたのである。

五年ばかり前、私はその体験記を一冊の本にしたことがあるが、その時、所謂《いわゆる》知識人と目されている人たちから嘲笑を受けたばかりか、あるお医者さんのごときは怒り心頭に発したという様子で私の無智蒙昧《むちもうまい》を罵倒された。

なにもそう憤激するほどのことではない。革命を起して国を転覆させようという話ではないのだ。ただ人間は死んだら無になると思うことは間違いで、死ねば肉体はただのヌケ殻、焼けば灰になるだけだが、魂だけは残るらしい。

だから死後、無になると思って気楽にしていると、死んでから厄介なことになりますよ、といっただけなのに。こういう問題になると俄然、エキサイトする人がいるのが私には不思議である。

親友だった川上宗薫《そうくん》さんが亡くなった時のことだ。報《し》らせを受けて川上邸に駆けつけ、まだ誰も来ていない病室の、ベッドに仰臥《ぎょうが》しているパジャマ姿の川上さんの遺体の前に立ったその時、私は川上さんの魂が（実感としては視線が）部屋の天井の右の方から私を見下ろしているのを感じた。

――川上さんが、あそこから見ている……。一瞬私はそう感じた。私と川上さんは会えばふざけて冗談ばかりいい合っている間柄だった。その私が神妙な面持《おももち》で自分の（川上さんの）ムクロに手を合わせているのを見れば、川上さんはさぞおかしかろう……一瞬そんな思いが閃《ひらめ》き、そのため私のお悔みはヘンにギクシャクしてしまった。涙など出てくるわけがない。川上さんは死んだという実感から遠くに私はいた。川上さんの視線が私に照れくさくてたまらない。

私は頭を垂れて、

「川上さん、ご苦労さんでした。これで楽になったわね」

といった。川上さんは淋巴《リンパ》腺癌で亡くなったのだった。

その夜、私たち川上さんと親しかった数人は、葬儀の打ち合わせで深夜まで川上邸に残っていたが、その時突然、私たちの頭上の電灯が消えた、あっ、停電……?といっているうちにパッとつき、あっ、ついた、という間に又消え、そしてついた。丁度《ちょうど》、川上邸の電気工事を手がけた電気屋さんが居合わせて、すぐに天井裏に入ったが、どこを探しても故障はない。

「ふしぎなんですよ、おかしいなァ……」

と頻《しき》りに首をひねっているのを見ながら私は、

――川上さんのサインだ……。

そう思った。

――と、書きつつ、私は、「……と思った」「……と感じた」と書いただけでは人は納得しないだろうなあ、と思って無力感を覚える。なにいってるのさ、と人はいうだけだろう。だが私には「思った」「感じた」としか書けないのだ。それ以上に何の実証も私には出来ないのだ。

霊媒体質の者がそうでない人から「うさん臭い奴《やつ》」と思われるのはそういう点である。だがこれが同じ体質の者同士であれば、

「ああ、それは川上さんですね。パワーがあったのねえ、川上さんは」

スムーズに話が通る。

「そう思った」「そう感じた」ということが、単なる主観ではなく、事実として認められる。病室の天井の右の方に川上さんがいるのを感じたといえば、

「ああ、そうでしょう」

何のためらいもなく頷いてくれるのである。

川上さんの死後、三年目の命日に私は川上さんの墓参をした。丁度秋雨の降る日だったが、

「川上さん、来たわよう……」

といって雑草を抜き、傘を肩にひっかけて墓前にしゃがんで手を合わせた途端、何

が何やらわからぬままに私は泣いていたのである。何が悲しいのか、自分でもわからずに泣いている。シクシク泣く、なんてものじゃない。肩を震わせて泣いているのだが、泣くことが何だかとても気持がいいのだ。

ひとしきりそうして泣いていて、突然、ピタリと止った。同行の人は呆気にとられて、そんな私を見守るばかり。

川上さんが私に憑依《ひょうい》したのだ――。私はそう思った。川上さんはあの世で寂しいのか。もともと寂しがりやだったから、寂しくてたまらなかったところへ私が現れたのを見て、嬉しくてあるいは寂しさを伝えようとして、憑依したのにちがいない。さる霊能者はその通りでしょう、といい、私は今もそう思いつづけている。

しかしこのことも、私がそう思うだけで、人を説得する何の証拠もないのである。何も悲しいことがないのに泣く筈《はず》がない。佐藤さんの理性に抑えられて潜在していた悲しみが、その時溢れ出てきたのだと心理学者はいうだろう。それに対して私はあえて反論しない。反論するための論拠が私にはない。「私はそう感じたのだ」という以外にどんな言葉も見つからないのである。

霊能者宜保《ぎぼ》愛子さんが物理学者の大槻《おおつき》教授の批判攻撃を浴びながら沈黙していることで、宜保さんはなぜ大槻教授と論争の場を持たないのか、と批判する人たちがいる。しかし物理学者と霊能者が対決したところで、所詮は平行線であること（そもそもスタート地点が違うこと）が宜保さんにはわかっているのだろう。

「何といわれても私には見えるもの」

というほか、宜保さんに言葉はないだろう。宜保さんには見える（聞える）事実があり大槻教授には見えない（聞えない）という現実があるだけだ。なぜ見えるのか、それは何なんだ、説明しろ、といわれても答えようがない。見えるものは見える、というしかないのである。

例えば縄文時代などではすべての人間が霊や妖怪を見ていたのにちがいない。文明の進歩と共に人間のその能力が磨滅《まめつ》した。医学が進歩するにつれて本来人間に備わっていた自然治癒力が磨滅したように。それが今も残っている人と消えた人がいるだけのことなのである。

残っている方は消えた方を批判しない。なのに消えた方は残っている方を批判する。科学がすべてだと思い決めるのはそれこそ無智傲慢《むちごうまん》というものではないか。

以上のような次第で、私は死を五十歳前とは違う視点で考えるようになった。私が経験したもろもろの現象は苦しむ死者のメッセージである。肉体は滅んでも魂は存在する。昔から芝居の幽霊は「うらめしやー」といって出て来るが、これは生前の怨《うら》みの意識が死んでもまだ残っているということだ。

怨み・憎しみ・執着・口惜しさ・心残り・後悔・恋慕などの強い情念を持ったまま死ぬと、行くところへ行けない――つまり霊界の上層に行けずに苦しみつづけなければならないらしいことが私にはわかったのである。

死後は無になると考えていた人が交通事故で即死した。肉体が死ぬと同時に魂はそこから離れて存在しつづける。

人が歩いたり車が走ったりするのが魂には見えているから、自分が死んだとは思わない（何しろ彼は死んだら無になると思っているのだから）。しかし顕界《げんかい》の人には彼の魂は見えないから、誰も相手にしてくれない。わけがわからぬままに彼はさまよい苦しみ、自分の死んだ場所に居つづける。寂しさ苦しさのあまり仲間を求め、誰かを引き寄せて事故死させる。

「この前もここで死んだ人がいるんだよ。あそこはカーブの見通しが悪いからねえ」と人々はいい合って、「危険、注意」という札を立てるのである。だが立札よりもその地縛霊《じばくれい》に向って、あなたはもう死んだんですよ、死後は無ではないんだよ、だから行く所へ早く行きなさい、と教えることの方が必要なのである。

自殺をする人がいる。生きることの辛《つら》さ苦しさに疲れ、何もかもなくなってしまう無の世界へ行きたいと思って死を選ぶ。

しかし死んでも何もかもなくなるというわけにはいかないのである。彼が引きずっている情念が浄化されない限り苦しみはつづく。苦しくてたまらないので、もう一度死に直そうとする。そこへ霊媒体質の人がやって来ると、その人に憑依して電車に飛び込ませる。一緒にもう一度死ぬつもりなのである。

自殺者の霊は二人になって次の犠牲者を引っぱる。

それが増えて地縛霊団となり、「魔の踏切」「魔の淵」などといわれるようになっていくということである。

テレビの心霊番組はおどろおどろしい音楽や、若いタレントの仰々しい悲鳴などで人を白けさせるが、霊を単なる好奇心で見せ物にするものではない、と心霊研究の泰《たい》斗《と》は憤慨しておられた。

キャア、コワイ、と叫んでいるあの若い人たちも、うかうか生きていると、やがていつか自分が死んだ時、人からキャア、コワイ、といわれる霊になるかもしれない。ひとごとではない、我々はみな、その可能性を持って生きているのである。

そこで大切になってくることはこの世に生きている間の、日頃の心構えだ。科学万能の現代に生きているうちに、我々は死後は無だと手軽に考え、神の存在を無視するようになった。

現代人が信じるのは科学、それを産み出す人間の頭脳と力だけになりつつある。人の死後という大切な問題はエンターテインメント化されるか黙殺されるかのどちらかで、神を思い出す時は入学や出産を心配する時だけになった。神社仏閣への参拝は信仰心からではなく観光である。


霊の存在を認めずにはいられなくなった時から、私は自分が実に傲慢《ごうまん》に、恐れを知らずに生きていることに気がついた。

たった一枚の着物への執着から成仏出来なかったという女性の霊の話などを聞くと、これはうかうかと生きてはいられない、と思う。執着や欲望や心残りや憎しみを死後まで引きずらないようにしなければと思う。

昔の老人は「いつまでも元気に楽しく美しい老後を」などとは考えなかった。老いるとすべての人が衰え枯れた。髪染めも皺《しわ》取りクリームも入歯も白内障の手術も栄養剤もなかったから、年をとると自然に歯ヌケのシワクチャ婆さん爺さんになった。肉体が衰えると情念も枯れ易《やす》い。因業《いんごう》婆ァといわれた婆さんでも、死が近づいてくると「よいお婆さん」になった。情念が枯れて、自然に死を受け容《い》れる心境になるからだろう。

煩悩があるから若々しくいられるのだ、欲望を失ってはダメです、とこの頃はいう。いつまでも若々しくいようとすれば、それを可能にする手だてはいくらもある。現代人が考えるのは「死後」の平安ではなく、「死ぬ時」の平安だ。人に迷惑をかけずに、苦しまずに死にたいということをみな考えている。

しかし大事なことは「死に際」ではなく、「死後」なのだ。肉体がある限りこの世の不如意や不満・不幸は自分の努力で克服することが出来る。人の教えに頼ったり、助けを得たり出来る。しかし肉体がなくなったあの世では考えることも意志をふるうことも出来ない。自分の引きずっているものをどうすることも出来ず、永久に引きずりつづけていかなければならないとしたら……。

この世にいる間にせめて、怨みつらみや執着や欲望を浄化しておかなければ、と私は思っている。

80代

自然に逆《さか》らわず 時の流れに沿って

10章

時は音もなく過ぎていく

八十一歳の春

仕事場にしている逗子《ずし》の海辺のマンションに久しぶりで行った。ここはかつて長篇小説を書くための資料の置場にしていていて、十年余りの間、春夏秋冬、ここへ来ればひたすら机に向う明け暮れだったが、その仕事も五年前に終った。資料を片附けてしまった書斎はガランとして妙に寒々しく、古戦場の趣がある。

しかし海側の部屋の窓から見る春の海に、若者たちがヨットやサーフィンを楽しむ姿が広がっている様はあの頃も今も変らない。書きものに疲れてこの窓に立った時に目を休めた光景がそっくり、今もある。あの頃の若者は中年になって姿を消し、新しい若者が同じ姿で現れているのだ。

薄雲が散っている春の大空を、鳶《とび》が二、三羽舞っている。羽を上下させて忙しく羽ばたき、ある程度の高さまで上ると翼を水平にしてゆるやかに大きく逗子湾の上で舞っている。あるかなきかの春風を楽しみながら、目の下の湾の光景を見物しているというふうだ。

左向うの岬の陰から三羽の鳶が現れた。忙しく羽ばたきつつ一羽を二羽が追っている。追われている一羽は上ったり下ったり、二羽の間をスーイとくぐり抜けたり、見るからに楽しげだ。

鳶にもふざけることがあるのだなあ、と思う。鳶が高く低く空を舞っているのは、餌を探しているのだと子供の頃に教えられた。算数が出来なくて小学校の教室に居残り勉強をさせられていた時、教室から見える大空の鳶を見て、思わず私はいったのだった。

「あーあ、トンビになりたいなあ……」

すると女先生は、暢気そうに見えるけれどもトンビやかてたいへんなんです、といい、人間ばかりでない、生きとし生けるものすべて、算数どころか生きるために片時も心身を休めずに精出してるのだ、と私は説教された。それ以来、鳶を見るといつも、

「たいへんだねえ」

と犒《ねぎら》いたい気持になっていたのである。

三羽の鳶がたわむれながら岬の陰に姿を消すとその後、空に鳶の姿はなくなった。目を凝らすと大空の高み、薄い雲の端に微《かす》かにしみのようなうす黒い点が動いている。鳶だった。あんな高い所を飛んでいるものもいるのだ。これはもう、餌を探しているというようなものではない。春の午下《ひる》りを散策しているのだろう。鳶は鳶なりにそれぞれの楽しみ方があったのだ。そう思うとこれまでは絵画の中の点景でしかなかった鳶が急に親しく、身近なものに思われる。

また新しい鳶が現れた。さーっと飛んできて急降下し、道路の向うのマンションの屋上の柵に止った。と思うと、大きな翼を広げて舞い降りてきた一羽が、柵に止っていた鳶の上にいきなり乗りかかって、嘴《くちばし》で頭のへんを突つき、あっという間に飛び去って行った。柵の鳶はそのままじっと動かない。

柵の鳶は雌なのだろう。彼女はそれとなく彼を誘い、柵に止って彼が来るのを待っていたのだろうか？　それとも飛ぶのに飽んで翼を休める彼女を、彼が狙って来たのだろうか？　彼女がいつまでも動かないのは、突つかれた頭の傷のせいか？　一瞬の愛の交歓の後の余韻に浸っているのか？　それともあまりに慌ただしく行ってしまった彼が、もう一度戻って来るのを待っているのだろうか？

その建物の下の小径《こみち》に小柄な男が現れ、気忙《きぜわ》しげに歩いて行くのが目に入った。赤い袋を持ちブルウのジャンパーに黒いズボンを穿《は》いている。やや猫背にしてせかせかと歩く様子で老人とわかる。どこから来て、どこへ行くのだろう？　と私は思う。彼の頭上高く柵に止っている鳶も、どこで生れどこで育ったのか、そうしてどこでどんなふうに死んでいくのだろう。

こうして時は音もなく過ぎてきて、そして過ぎていく。さっきまで空を埋めるかと思えるほどに飛んでいた鳶の姿が次々に消えて空っぽになった上空に、再び鳶が数を増やしている。湾の中にはヨットとサーフィン。海沿いの道は車の列がと切れたり詰ったりしながらつづいている。みなそれぞれに目の前の必要にかまけている。私だけがその光景を俯瞰《ふかん》している。長く生きてきたものだとしみじみ思う。とうとう私も「俯瞰する人」になったか、と。

「十五年ぶりで故郷へ行ってきました。かつて一面菜の花畑だった所に塵芥《じんかい》処理場が出来、小川は埋められてどこにあったのか見当もつかなくなっていました。村は町になり、そのうち市になるでしょう。失ったものがあまりに大きな旅でした」

昨日、旧友からそんな手紙が来ていた。それを思い出しながら目の前の光景を私は見ていた。歳月と共に変ってしまった光景を悲しむ気持はわかるけれども、少しも変らぬ光景にはそれなりに胸詰るものがある。風景は変らず、この身だけが老残の身になっていることが。

そうして春の日は暮れ、ふと目を放した間に柵の鳶の姿はなくなっていた。

曇天《どんてん》の桜

私はお花見と温泉がどうもニガテである。温泉という所はのんびりするために行く所で、お湯に入ったり出たり、景色を見たりして（そのため野天風呂が好まれるとか）くつろぎの時を持てるのがよいのだと聞くと却《かえ》って窮屈になって、身体《からだ》は洗ったし、充分あったまったし、そろそろ出たいなと思っても、いや、まだ出るのは早いんじゃないか、もう少しお湯に浸ったり出たりしていなければ、温泉へ来た意味がないというこことになる、などと考えたりして、一向にくつろげないのである。

花の名所でのお花見がニガテなのは「山盛り」といった趣の満開の桜の中に入り込むと、どこを見ればいいのか、「春のまっただ中」という気分を満喫すればいいのだといわれても、ただ騒々しくここを先途《せんど》と咲き競う桜はあつ苦しく、しかし「わア、きれい！」とか「素晴しい！」とか、何らかの言葉で感嘆を洩らさなければ、お花見の礼儀に欠けるような気持にさせられるのが困る。

山道や田圃道《たんぼ》、あるいは人通りのない住宅地の一隅に、ふと見ると満開の桜が植わっている——そんな桜との出会いが私は好きだ。

誰《たれ》に見しょうというのではなく、また殊更《ことさら》に満を持して咲きましたというふうでもない、雨の日、風の日、嵐の日、寒さ暑さ、色々な日々を黙々と過してきて今、ひとり静かに咲いている。自然に逆らわずに、時の流れに沿ってこうしているうちに咲く時が来た、それでこうして咲いていますといった風情に私は思わず立ち止り、なにやら懐かしく哀《かな》しく立ち去り難い気持になってしまう。「お見事！」でもなければ「頑張ってますね」でもない、「おや、こんな所にいましたか」といいたいような。

桜は散り際よりも、静かに力いっぱい咲き切った盛りの姿に哀れがあると私は思う。

思えばもう五十年も昔のことになるが、その頃、私は敗戦の日々を生き延びるためにある農村でお百姓の真似《まね》ごとをして暮していた。森も川もない、地平線まで一望の甘藷《かんしょ》畑という場所だったが、家の勝手口の前に一本の桜の木があった。特に枝ぶりがよいというのでもなく大木でもない。忙しい日常の中ではそこに桜があることさえ念頭に置いていなかった。

ある午後のことだ。急に厚い雲が垂れてあたりが暗くなってきたので、洗濯物を取り入れようと勝手口を出ると、突然遠雷が轟《とどろ》いた。と思うと薄暗い空に一瞬、稲妻が走った。稲妻の黄色が消えた後、ふと見ると遠雷と遠雷との間《はざま》の静寂の中、桜が静かに盛りの花を咲かせていた。

息を呑《の》むほど花の淡いピンクが鮮やかだったのは、背景の空が暗い灰色だからだった。その時この美しさを表現したいという欲求が生れたが、どんな言葉でいえばいいのか皆目わからずに私は立ちつくしていた。それが私が「表現すること」への欲求を持った最初だったような気がする。

桜は一本、曇天の下で一人で見るに限る。

その時以来、ずっと私はそう思っている。

性《さが》は変らず

お久しぶり、といきなりいわれて、じーっと顔を見ているうちに、目の縁や口もとの皺《しわ》やたるんだ皮膚の下からそこはかとなく幼な顔が浮き上ってきて、あ、××さんだ、と思い当る。だいたい七十の声を聞く頃まではそうだった。だが更に年を重ねたこの頃はその「そこはか」がなくなった。幼な顔は皺やたるみ、変形の中に埋没していくら見つめても何も浮かんでこない。改めて名前を訊《き》くのも憚《はばか》られて何となくニコニコしてごまかすが、その後、あれは誰だったかといつまでも思い悩んだりする。そんなことが増えた。

旧友S子は昨年の夏、十人余りの北海道ツアーに参加した。旅に出て二日目、S子は一行の中の（「おばさん」というか「ばあさん」というかそこがむつかしい）一人の年配女性から声をかけられた。

「S子さんじゃありません？　××小学校にいらした……」

それから彼女はニッと笑って「わたしよ」といったのだった。「わたし」ではS子にはわからなかった。だが思い出せないままに「あらまあ」といって笑い、そのまま旅は最終日になった（なにが「あらまあ」なんだか）。


その朝、S子がホテルのロビーにいると向うの方からかん高い声が聞えてきた。昨夜の部屋がいかに狭苦しく不自由だったかの文句をいっている。何とも強気でしつこい声だ。聞いているうちに遠い記憶の底からジンワリ蘇ってきた。チビで痩せっぽち、色黒。きかん気の……そうだ、「黒豆」と呼んでいたWさんだ。今は色黒ではなく、小太りで、全体にぼってりと貫禄がついている。だがあのキンキン声、その迫力としつこさはまさしく彼女「黒豆」だった。

別れ際にS子は初めて懐かしさを籠《こ》めて、

「さよなら、元気でね、Wさん」

とその人の名を口にすることが出来たのだった。

大分死に馴染《なじ》んできた

そろそろ心の死支度というものを始めなければと思うようになってからはや十年経《た》った。昔の人の死は老衰を経て自然にやってきたが、老衰を押しのけることが出来るようになった今は、死にどきが難しい。老後をいかに楽しく過すか、健康法のあれこれを試みたりしているうちに、いきなり足もとに来ている。その時慌てないように受け入れる準備が必要だと私は思っている。

とはいっても人生は期限つきではないから、いついつまでに準備を整えなければならないということはない。締め切りのない原稿がいつまでも手つかずにいる状況と似ているが、それでも死支度死支度と思っているうちに大分死に馴染んできた。死ぬ時がきたらジタバタせずに受け入れられそうな気がしている。

それでも八十歳まで生きてきたから思えることで、だから長命はめでたいと昔からいわれているのであろう。ここまで生きると自分の人生にもはや悔いというものはなくなる。心残りもなくなる。自分が死んだらこの子はどうするだろう、あれはどうなる、これは……と心配しながら死ぬこともない。

私の人生は失敗の連続だったが、とにもかくにもその都度、全力を出して失敗してきた。失敗も全力を出せば満足に変るのである。

今はただひとつ、せめて最期の時は肉体的に七転八倒せずに息絶えたいということだけを願っている。しかしこればかりはいくら願っても自分の意志ではどうにも出来ないことであるから、その時は七転八倒するしか仕方がない。いかに七転八倒すると も時がきたら死が終らせてくれると思えば、死は希望になる。そう思うことも私の死支度のひとつなのである。

90代　すべて成るようにしか成らん

11章　ジタバタせずに受け容れる

すべて成るようにしか成らん

九十歳近くまで生きてきますと、余命宣告を受けても受けなくても同じです。残りの時間がどれくらいあるのかを考えても、正確にはわからないのですから、考えません。今までと同じ自然体で、食べたければ食べるし、食べたくなければ食べないし、書きたくなれば書くし、書きたくなければ書かない。そういうスタンスで死に近づいていきます。

理想の最期？ そんなこと考えてもしょうがない。

誰に看取られたいか、ですか。

看取る人がその気になってくれたら（娘か孫）有難いけれど、そうでない時はそれを受け容れるしかないから、ジタバタせずに受け容れる。その「覚悟」を決めています。

すべて成るようにしか成らん。そう思っています。

「ああ、面白かった」と言える人生を

ある日、自宅の居間に座ってぼんやり庭をながめていた時のこと。突然、「佐藤さんは九十歳までは生きます」という古神道の先生の言葉を思い出しました。あれ、今、私はいくつだっけ？　と数えれば、しまった、もう八十八歳じゃないですか。こうしちゃいられない！　あと二年、最後にやり残した宿題を終えてから死にたいと書き始めたのが『晩鐘《ばんしょう》』（文藝春秋）でした。実際には二年とちょっとかかって、書き上げたのは九十一歳の時。しぶとく生きていましたね（笑）。

書いて、書いて、書きまくった

書いたのは、かつて私の夫だった男（『晩鐘』のなかでは畑中辰彦。文学を志すも

後に実業家に転身。その事業に失敗し、二億円をこえる莫大な負債を負う）のこと。ヘンな人でした。まわりには「あいつのせいで人生をボロボロにされた」と言う人もいれば、「あんなに公平でやさしい男はいない」と褒《ほ》めちぎる人もいる。矛盾を抱えた男でした。

私もきりきり舞いさせられました。たとえば離婚した時もそう。彼の会社が倒産して、妻である私のところにまで借金取りが押しかけないようにと、偽装離婚をもちかけられた。一時的なことだと了承して籍を抜いたら、なんと直後に、別の女の籍をスイッと入れてしまったんです。最初から「他の女と結婚したい」だなんて言えば、スッタモンダするに決まってる。だから、女房を気づかうふりをして騙《だま》したの。そういう悪知恵が働くんですよ、辰彦という男は。

離婚はしたものの、結局、借金の一部は、私が肩代わりしました。法律では、夫の負債を妻が背負う必要はない。そう言われたって、目の前に困り果てた債権者が現れればしょうがない。離婚したのは私が四十三歳の時で、翌年、直木賞をいただいた。

おかげで仕事の注文も順調に入ったから、返済にあてることもできました。

書いて書いて書きまくった。けれど、原稿料は右から左へ素通りでした。

そのうち、借金取りがやってくると、よく考えもせず片っ端から署名して判子を押すようになりました。どんなに困っているかクドクド説明されるのも、罵倒されるのも面倒くさいの。悪いのはこっちとわかってるんだから、「払やいいんでしよ。もってけドロボー！」という感じ（笑）。勢いがついたら止まらないのが、私の悪いくせなんですよ。

辰彦のほうはといえば、たいして悪びれもせず、離婚した後も平然とわが家へ上がりこむ。つくづくヘンテコな男でした。その彼も、七年前に死んでいった。いったい彼は〝何者〟だったのか。幸せだったのか、不幸だったのか。書くことで辰彦という人間を理解したいというのが、私がやり残した宿題だったわけです。

他人を理解することなどできない、受け入れるのみ

けれど、人を理解するなど、そう簡単にできることじゃないんですね。「晩鐘」を読んでくださった方からは、時々言われます。「辰彦のことをあんなに悪《あ》し様《ざま》に書いているけれど、結局、佐藤さんは彼を愛していたんですね」と。そう言われると、私、腹が立つんです。愛もへったくれもない。だって私が借金を肩代わりしたのは辰彦のためじゃない。お金を貸してくれた人のためなんです。なぜそれがわからぬかッ、と。結局、私自身も人には理解されないわけです。

まあ、偉そうなことは言えません。理解されないのは、小説家としての私の筆が至らなかったせいかもしれません。それに、そもそも、私は世間と感覚がズレているんです。

出す必要のない金でも、出し惜しみするのが恥ずかしい。金に執着するのが恥ずかしい。相手を追い返すのと自分が身銭を切るのとではどちらが気がラクかといえば、

払うほうがラク、と、そういう性分なんですね。決して「困っている人を救いたい」なんて立派な考えがあるわけじゃない。追い返せば自分が傷つくから、できないだけなんですよ。私も相当ヘンでしょう。それを理解しろというほうが無理なんですね。

辰彦についても同じです。わけのわからん男だった。しかし、わからないのが人間です。近頃は、「あんな人、こんな人」とすぐに人を鋳型にはめて納得しようとする傾向があるけれど、そんな簡単なものじゃない。彼を理解しようと書き始めた小説ですが、書いているうちにわかりました。相手がどんな人間であれ、理解するのではなく、ただ受け入れるしかないのだと。元夫や文学仲間……。身近な人は次々と死んでいきました。どの人もみな、一生懸命に生きた。それでいい。小説を書き終えた今は、ただその事実を前に、頭を下げる気持ちしかありません。

借金ですか？　全部返し終えたのはいつだったかしら。はっきりとはわからないんですよ。自動的に引き落とされるようになっていたので空っぽの預金通帳を見るのは気分が悪いでしょう。だから、ずっと放ったらかし。ところが、ある日見てみたら、なんと一千万円も貯まってるじゃないですか！　わが目を疑うとはこのことね。あといくら返せばいいのか自覚しないまま、がむしゃらに戦った。けれど、実はとっくに終わっていたんですね。この家だって四番抵当まで入っていたのに、いつの間にか抵当が抜けていた。誰が手続きしたのかしら、不思議ね（笑）。

この世で起こることは、すべて修行

『晩鐘』を書き終えたら、もう書きたいこともなくなりました。けれど、これまで韋《い》駄天《だてん》走りに走り続けてきた私のような人間は、突然ヒマになるとだめね。以前なら朝目がさめれば、「きょうはあれを書いて、これをして」と予定を頭に浮かべて、シャキッと起き上がっていたのが、このまま寝ていてもかまわないのだと思う。ボンヤリしてしまう。多分あれは〝うつ〟の一種でしょうね。しばらく具合が悪いこともありました。

その後、週刊誌のエッセイの連載なども引き受けて、今はおかげさまでなんとか元気。先日も講演会に呼んでいただいたのだけれど、ステージに出ただけで会場がどよめいた。べつに私が人気者だからじゃないんですよ。九十過ぎたばあさんは、普通もっとしずしずと出てくるものとみなさん思っていたのでしょう。ところが、私がタッタッタッと威勢よく歩いてきたからびっくりしちゃったんじゃないですか（笑）。

もう九十二歳ですからね。本当を言えば、あちこちガタがきましたよ。昔はよく着物を着ましたが、それもつらくなりました。けれど根がせっかちなんですね。表に出れば、いつものくせでつい早足になる。郵便局やなんかへ行くのもダーッと急いでは、ハッハッハッと息を切らしてる。昔のようなつもりでいても、体はついてきませんね。健診を受けたら、「どこも悪いところはありません」と医者は言う。けれど、数値には表れない老いの変化は日々感じます。

衰えないのは憤怒の炎くらいでしょうか。いたずら電話などかかってこようものなら、どう懲らしめてやろうかと、がぜんファイトがわく（笑）。最近は、押し売りなら ぬ押し買いというのが横行してるでしょう。「不要品なら何でも引き取ります」と電話では言うくせに、実際家に来ると「古本はダメ、ボロ万年筆はちょっと……」と難癖つけて引き取らない。その代わり、貴金属を安い値段で買いたたこうとするんですね。

こういう輩《やから》も、私はまず受け入れるんです。「よし、いらっしゃい」と手ぐすねひいて待っていて、「電話では何でも引き取ると言ったではないか。ウソを言ったのですかッ！」と徹底的に追い詰める。この間も、「勘弁してください」と逃げ腰になった相手に、無理やり古本一冊持っていかせたの。次は振り込め詐欺の電話でもかかってこないかしら。やっつけてやるのに（笑）。

怒っていれば元気。こういうところは完全に佐藤の一族の遺伝子ですね。父、紅《こう》緑《ろく》（作家）もそうでした。その荒ぶる血は、子どものなかでも私がもっとも色濃く受け継いでしまったようです。

波瀾に明け暮れた人生でした。でも、苦労したとは思いません。元亭主にだって、恨みつらみも何もない。この世で起こることは、すべて修行だと思えばいい。力一杯生きて、「ああ、面白かった」と言って死ねれば、それがいちばんじゃありませんか。

苦しいことだらけの人生は幸福

私の人生は、よく考えたらろくでもない人生なんです。でも、お話ししたように、ろくでもない人生を不幸だとは私は思わないんですね。

生きていれば、損をしたり傷ついたりするかもしれません。けれど、やれ損したとが、やれ傷つけられたとか、そんな風に考える前に、私は先へ進んでいく。だから、恨みつらみが育つヒマがないんですよ。

先へ進まない人は、恨みつらみを心の中に育ててしまうんです。だから、じっとしているのはよくない、とにかく忙しくしていればいいんです。しょっちゅう先へ進むことを考えていれば、人間は自然と強くなります。

私はよく怒るといって顰蹙《ひんしゅく》されることが多い人間です。けれども、怒りは私の生きる力だったんですね。私は怒ることで自分を励まして、先へ先へと生きてきたんです。

そして、よく怒るとかうるさいとかいう世間の批評を何とも思わない、そういう暢気な性格も、強く生きるには必要なんですよ。

人生は思うに任せないことの連続ですよね。だけど、そこが面白いんです。何もない人生だったら、私にはつまらなかったと思います。

私は『幸福論』で有名なフランスの哲学者アランが好きなんですが、彼はこういうことを言っています。

「完全な意味で幸福な人とは、着物を投げ捨てるように別の幸福を投げ捨てる人だ。だが、彼は自分の真の宝物だけは決して捨てない」

自分の一番大切に思うものさえ握って生きていれば、そしてそれ以外のものに執着せず投げ捨てられるだけの楽天性を持っていれば、人は幸福になれる。

そういうアランの言葉です。

アランの中で私が一番気に入っているのは、

「何らかの不安、何らかの情念、何らかの苦しみがなくては、幸福というものは生まれてこないのだ」

という言葉です。

何も苦しいことがなければ、幸福は生まれないのですよ。幸福を知るには苦労があってこそなんだというのは、苦労から逃げた人にはわからない真理だと思います。苦しいことだらけの人生を生きた私は、幸福な人生だったと思うんです。苦しい人生を力いっぱいに生きましたからね。

著者　佐藤愛子（さとう・あいこ）

1923年大阪生まれ。甲南高等女学校卒業。小説家・佐藤紅緑を父に、詩人・サトウハチローを兄に持つ。1969年『戦いすんで日が暮れて』で第61回直木賞、1979年『幸福の絵』で第18回女流文学賞、2000年『血脈』の完成により第48回菊池寛賞、2015年『晩鐘』で第25回紫式部文学賞を受賞。2017年旭日小綬章を受章。最近の著書に、大ベストセラーとなった『九十歳。何がめでたい』『冥界からの電話』『人生は美しいことだけ憶えていればいい』『気がつけば、終着駅』『九十八歳。戦いやまず日は暮れず』などがある。

増補　転載一覧

すべて成るようにしか成らん

『幸福とは何ぞや』2022年9月発行（中央公論新社）

「ああ、面白かった」と言える人生を

『人生は美しいことだけ憶えていればいい』2019年6月発行（PHP研究所）

苦しいことだらけの人生は幸福

『それでもこの世は悪くなかった』「あとがき」2017年1月発行（文藝春秋）

帯写真　中西裕人

装丁・本文デザイン　尾本卓弥（リベラル社）
DTP　杉本礼央菜・尾本卓弥（リベラル社）
編集人　安永敏史（リベラル社）
編集　伊藤光恵（リベラル社）
営業　青木ちはる（リベラル社）
広報マネジメント　伊藤光恵（リベラル社）
制作・営業コーディネーター　仲野進（リベラル社）

編集部　中村彩・木田秀和
営業部　津村卓・澤順二・津田滋春・廣田修・竹本健志・持丸孝・坂本鈴佳

※本書は2018年に海竜社より発行した『老い力』を増補し新装復刊したものです。

老い力　**増補新装版**

2024年 1月22日　初版発行
2024年10月17日　4版発行

著　者　佐藤　愛子
発行者　隅田　直樹
発行所　株式会社 リベラル社
〒460-0008　名古屋市中区栄3-7-9　新鏡栄ビル8F
TEL 052-261-9101　FAX 052-261-9134
http://liberalsya.com
発　売　株式会社 星雲社（共同出版社・流通責任出版社）
〒112-0005　東京都文京区水道1-3-30
TEL 03-3868-3275
印刷・製本所　株式会社 シナノパブリッシングプレス

　ISBN 978-4-434-33178-7　C0095
　215002

女の背ぼね　新装版

著者：佐藤 愛子　四六判／224ページ／¥1,200＋税

愛子センセイの痛快エッセイ

女がスジを通して悔いなく生きるための指南書です。幸福とは何か、夫婦の問題、親としてのありかた、老いについてなど、適当に賢く、適当にヌケていきるのが愛子センセイ流。おもしろくて、心に沁みる、愛子節が存分に楽しめます。

そもそもこの世を生きるとは　新装版

著者：佐藤 愛子　四六判／ 192 ページ／￥1,200 ＋税

愛子センセイの珠玉の箴言集!

100 歳を迎えた今はただひとつ、せめて最期の時は七転八倒せずに息絶えたいということだけを願っている。人生と真っ向勝負する愛子センセイが、苦闘の末に手に入れた境地がここに。読めば元気がわき出る愉快・痛快エッセイ集です。

ボケずに大往生

著者：和田 秀樹　四六判／ 248 ページ／￥1,200 ＋税

人生 100 年時代ですが、歳をとれば物忘れもするし、認知症の足音も聞こえてきます。本書では、ベストセラー精神科医である著者が、著者も実践する、日頃の暮らし方や意識を少し変えるだけで、ボケずに、幸せな老後を過ごせる生き方を教えます。

老けない　ボケない　うつにならない

60 歳から脳を整える

著者：和田 秀樹　文庫判／ 224 ページ／¥720 ＋税

老年精神医学の第一人者である和田秀樹が、60 歳から脳を整える方法を紹介!　辞書や地図を読むと想起力が高まる、美味しいものを食べて後悔する人はいないなど「老けない」「ボケない」「うつにならない」ためのラクラク健康法を紹介した一冊です。

リベラル社の好評既刊

精神科医が教える

ひとり老後を幸せに生きる

著者：和田 秀樹　文庫判／208ページ／¥720＋税

孤独でも孤立しなければいい――

老年精神医学の第一人者による、孤独のススメ。ひとり元気に生きている人、ひとり幸せに生きている人の心のありようや日々の暮らしから、ひとり老後を楽しく生きるためのヒントや心構えをまとめました。

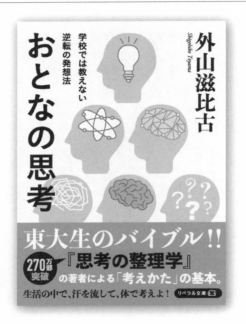